目次

放課後の嘘つきたち

プロローグ

　一二歳から一三歳にかけての記憶が曖昧なのは、心が辛い日々を忘れたがっているからだと、かかりつけの医師から言われたことがある。確かに法連寺学園でのことを思い返してみると、ボクシングをやっていたというより、ただひたすら、痛みと恐怖に耐えていたという気がする。練習では監督や上級生からの暴力にただただ怯え、試合では勝ち続けなければひどい目に遭うのだという不安に苛まれていた。辛い練習を乗り切ったあとにも達成感や満足感はなく、今日も生き延びたという束の間の安堵だけが、日々の心の支えだったという気がする。

　ちなみに法連寺学園時代の戦績を思い返すと、当時からほとんど負けなしだった。年上の高校生を一ラウンド目でノックアウトするなんていうのはざらで、スパーリングではプロのOBからダウンを奪ったこともある。数えきれないほどリングに立ったにもかかわらず、どの試合も記憶はおぼろげだった。転校後にカウンセリングで聞かれた時も、闘った相手の顔や名前すら思い出せなかった。常に何かに追い立てられていたという記憶はあるが、実際に何を見て何を聞いたのかと言われると、頭のなかに靄がかかったように判然としない。

しかし、鮮明に覚えている瞬間もある。

確か、転校する二週間ほど前――中学二年の夏頃だった。

サンドバッグを叩いていると、練習場の隅の方からうめき声が聞こえてきた。監督の柳瀬が、床にうずくまっている女子部員の下腹部を蹴り上げているのが見えた。

「あ？　練習メニュー変えろ？」

うずくまっているのは、本条奈々という一年生だ。すでに何発か頬を叩かれたのか、顔が腫れ上がっていた。

しかし彼女は、挑むような表情で柳瀬を見上げていた。

「でも、こんな練習したって、強くなれない……」

「へぇ、ずいぶん偉そうなこと言うね。じゃあ、お前は『こんな練習』で鍛えてきた俺に勝てるの？」

柳瀬は「やってみろよ」と言いながら、身体を丸めている本条を何度も踏みつけた。明らかに顔や腹を狙っていた。さすがに力は加減しているのだろうが、このまま続ければ本条の命に関わるということは、傍(はた)から見ている修(しゅう)にも分かった。

彼女のあまりに苦しそうな表情を見て、修は思わず声を出した。

「監督、それは――」

「あ？」

思わぬ方向からの制止に、柳瀬は舌打ちする。眉間(みけん)に皺(しわ)を寄せて振り返った。彼は、歯向かわれることを何より嫌うのだ。

鋭い眼光を向けられて、修は息すらできなくなる。数日前、首を絞(し)められて失神したことを思い出した。

しかし柳瀬は、制止の声を発したのが修だと分かると、途端におかしそうに笑い出した。

「ちょうどいい、ジュニアの強化指定選手になった蔵元(くらもと)にどっちが正しいか決めてもらおうか。とろくさかったお前がここまで来られたのは、誰のおかげだ？」

修が柳瀬の言うことを聞いているのは、恐ろしいからだった。ただ苦しませるためだけの、拷問のような練習メニューを課す柳瀬の指導方針が正しいと思ったことなど、ただの一度もなかった。

しかし——。

「……監督です。監督の練習のおかげで、俺は強くなれました」

それに対して柳瀬がどう答えたのかは、覚えていない。

ただ、自分の口から出た嘘のざらついた感触と、正しいことを言っているはずの後輩を見捨てたという後ろめたさは、転校して法連寺学園と縁を切り、三年が経ったいまなお、忘れられずにいる。

不正と憂鬱

「怒ってる？」と蔵元修はよく聞かれることがある。

ポーカーフェイスと言えば何やら格好いい感じもするが、要するに仏頂面（ぶっちょうづら）なのだ。試合中、緊張や負ったダメージを相手に気取（けど）られない意味では有利なのだが、コミュニケーションとなるとデメリットしかない。友人たちに連れていかれた漫才ライブでも、地元テーマパークのお化け屋敷でも、「周りが爆笑してるのにくすりともしないで虚空（こくう）を見つめていた」「オバケを生気のない目でじっとにらんでいて、むしろお前の方が怖かった」と、散々な言われようだった。実際のところ、若手芸人のギャグはけっこうおもしろかったし、お化け屋敷の手の込んだ仕掛けにはそれなりに驚いた覚えがあるのだが、そういった反応がどうも顔に表れにくいらしい。

しかし、家族の他に一人だけ、その変化に乏しい表情を読み解いて、感情の機微を察してくれるやつがいる。

「――もしかして、何か悩んでる？」

隣の席に座っている白瀬麻琴は、エクセルを器用にいじって各部活の予算執行状況を一覧にしながら、視線だけをちらりと修の方に向けた。

「いや、大したことじゃない」

口にした瞬間、しまったと思う。それではもう、俺は悩んでいますと言っているようなものではないか。言葉とは裏腹に弱音を吐いてしまったようで、修は何となくばつの悪さを覚えた。身長一八五センチの大男が教室の隅でうじうじ悩んでいても、うっとうしいだけだ。

「怪我のこと？」

しかも内容まで、見事に一発で言い当てられた。さすがは一〇年来の幼馴染だ。

「まぁ、こればっかりは治るまで待つしかないと分かってるんだが……スポーツ特待生のくせに、試合どころか練習にも出られないっていうのが、どうもな」

修の悩みとは対照的に、金曜日の昼休みの教室は賑やかだった。「東京」「ライブ」「フェス」などの浮ついた単語が飛び交い、クラスメイトたちはもうすぐ始まる夏休みの予定を話している。

「うん、そうだよね——特待生っていうのも、プレッシャーかかるよね」

微かに波打つ豊かな甘栗色の髪に、いつもどこか眠たそうな、とろんとした目。顔立ちは整っているが、身につけているものに華美なものはなく、制服も校則通りに着ているので、雰囲気としては落ち着いた感じがする。何も知らない人間が麻琴を見たら、印象は一に「穏やかそう」、二に「真面目そう」といったところだろう。そして麻琴の人となりは、見た目の印象を裏切らない。さらに三番目には、「面倒見が良い」というのがくる。頼み事をされたら基本的には断らないし、目の前に困っている人がいれば頼まれなくても進んで助ける。

「桂木先生は、何て？」

「大事を取って、しばらく休めとさ」

ボクシング部顧問の桂木は、大学時代には国体に出場したこともあるウェルター級の元ボクサーだ。自身が怪我に泣いたためか、無理なトレーニングはさせない方針だった。修は桂木から「いまはとにかく休め」と厳命されているが、暇さえあれば走り込み、寝る間も惜しんでミットを打つような生活を送ってきたから、いざ休めと言われても手持ち無沙汰で仕方なかった。

「私はスポーツのことよく分からないけど……身体を休めるだけじゃなくて、気分転換とかしてみたらどうかな?」

「気分転換、といってもな」

両腕を組んで、修は天井を見上げた。

確かに医者からも、音楽を聴くなり映画を観るなり、いったんボクシングのことは忘れて趣味を楽しめと言われた覚えがある。とはいえ修には、これといった趣味がなかった。強いて言えば格闘技の試合観戦だが、観るとどうしても身体を動かしたくなってしまうので、怪我が治るまでは封印している。

「修、好きなアイドルとかいたっけ?」

「いない」

「観たい映画とか、行きたいライブとか」

「何も思いつかん」

「じゃあ旅行は? 海外はさすがに無理だけど、近場ならお金もかからないし」

「俺、けっこう出不精なんだよ」

「……たまには読書してみるとか? うちの高校の図書室、マンガも置いてあるよ」

「活字は苦手なんだよ。本を読んでるうちに頭が痛くなってくる」

「だ、だったら美味しいものでも食べようよ！　好きな料理とかある？」

「ああ、ささみとか、よく食べるな」

「……それって、プロテイン代わりだよね？」

麻琴は呆れた表情で「しかも料理じゃなくて食材だし」と呟いた。

「修の生活って、本当にボクシング中心なんだね」

「というか、ボクシングが生活だった」

「じゃあ、趣味に打ち込むのはちょっと難しいかな……他の方法で気分転換できるといいんだけど」

麻琴は考え込むように、視線を宙にさまよわせた。流れるようにエクセルを操作していた両手は、いつの間にか止まっている。幼馴染とはいえ、他人のためにこれだけ真剣に考えてくれるのだから、つくづく人の良いやつだと思う。

麻琴は、昔からこうだった。誰かが困っていると聞けば、隣のクラスでも上の学年でも構わず顔を出して、柔らかい声で「どうしたの？」と訊ねていた。その様子を遠巻きに見て「いい子ぶってる」やら「点数稼ぎしてる」なんていう連中もいたけれど、麻琴は気にする素振りすら見せなかったと思う。優しいだけではなく、芯があるのだ。

「白瀬、色々考えてもらえるのはありがたいんだが、作業を邪魔するのも申し訳ない。そっちを優先させてくれ」

「あ、うん、それは大丈夫……」

麻琴はそこまで言うと、はっとしたような表情で、ディスプレイに表示されたエクセルシートと修を見比べた。

「修って確か、エクセル使えたよね？」

「ああ、ややこしい関数は分からんが。体重管理とか、食事のカロリー計算とか、試合の記録とかは、エクセルでやってる」

「じゃあ、もし良かったら、なんだけど」

麻琴は口元をゆるめて、ふふふと笑った。何か妙案を思いついたらしい。

「私のやってる部活連絡会、手伝ってみない？」

「……へ？」

「ずっと家で寝てるよりは、気晴らしになると思うの。それに私としても、いま人手が足りてないから、すごく助かる」

まさかの提案に面食らった。

ボクシング部を休んでいる期間中、部活連絡会を臨時で手伝う――考えもしなかったことだ。しかし、よくよく考えてみると、意外にアリという気がしてきた。

部活をせずに家に帰ったところで、時間を持て余すことは目に見えている。だったら家でじっとしているより、特技——というほどのことでもないが——を生かしてボランティアでもしてみた方が、少なくとも気はまぎれるように思えた。

それに、しょうもない話ではあるが、「スポーツ特待生のくせに部活を休んでいる」と、「スポーツ特待生が部活を休んでいる間にも学校運営を手伝っている」では、周囲からの見え方もだいぶ違うだろう。こういう時、外野からどう思われようが知らんと開き直れたら楽になるのかもしれないが、修はそこまで超然としていることはできなかった。

「そうだな……俺で良かったら」

「本当!?」

麻琴は嬉しそうに言った。特徴的なハスキーボイスが、いつもより少しだけ高く、昼休みの教室の一角に響く。

「じゃあ、さっそくなんだけど、今日の放課後からお願いしてもいいかな？」

「ああ」

修は頷(うなず)く。

スケジュールは、確認するまでもなかった。

＊

放課後。

修は麻琴に連れられて、部活連絡会の事務室があるというA棟の四階に向かった。

踊り場を通り抜ける時、一年生の女子生徒とすれ違う。数人で連れだって、きゃっきゃと笑い合いながら一目散（いちもくさん）に階段を駆け下りていった。

こういった放課後の平和な光景を見るたびに、修は中学二年の途中まで在籍していた法連寺学園のことを思い出す。

法連寺学園にいた頃、放課後とは、修練の時間だった。厳しい練習に耐え抜く試練の時間。決して甘えの許されない、刻苦（こっく）の時。四限、昼休み、五限と、放課後が近づくにつれて憂鬱（ゆううつ）が増していき、胃のあたりがまるで石でも詰められたように重くなっていくのを、転校して三年が経ったいまでも覚えている。あまりにストレスが大きかったせいか、一つ一つのエピソードは靄がかかったように曖昧なのに、瞬間ごとの苦しさや辛さは、ふとした拍子に思い起こされた。

世のなかには、こういう自由で楽しい放課後も、確かに存在するのだ。

その道すがら、廊下を歩いていたたった数分間で、麻琴は何人もの生徒から相談を持ちかけられた。

「麻琴、ごめん！　遠征が増えた関係で、やっぱり予算足りなくなるかも」

「来月、体育館のサブアリーナを押さえたいんですけど、どこと調整すればいいですか？」

「白瀬さん、軽音部の件で、またご近所から苦情がきてるって」

「市役所裏のゲーセンに、うちの制服を着たちょっとやばそうな人たちが集まってるって噂があるんだけど……」

　部活連絡会の役員だから、というのももちろんあるのだろうが、やはり人徳なのだろう。様々な相談事に、麻琴は嫌な顔一つせず、丁寧に答えていた。

「私から誘っておいて、いまさら聞くのもなんだけど」

　さすがの手際の良さで相談を一通りさばき終えると、麻琴は階段を上りながら、修の方を振り返った。

「部活連絡会が普段どんなことやってるのか、想像つく？」

「……いまので、大体イメージはついたよ。部活の予算の割り振りとか、施設の使用スケジュールを調整したりとか、そんな感じだろ？」

「うん、それも仕事の一つだね。でも、予算は部活の規模と実績に応じて大体の枠が決まるし、英印高校は敷地が広くて施設も充実してるから、練習場所ではそんなに揉めないの」

確かに英印高校は、このN県水島市に広大な土地を有しているマンモス進学校だ。敷地内には一八の校舎と三つの体育館、二つの校庭、全校生徒五〇〇〇人を収容できる多目的ホールなどがあり、ちょっとした大学ぐらいの規模がある。

「だから大変なのは、むしろ突発的なやつかな」

「突発的、っていうと?」

「部活同士のトラブルの仲裁とか、ルールを守らない部活に警告したりとか、そういうの」

「けっこう大変そうだな……」

ボクシング部もそうだが、英印高校には全国大会常連の運動系の部活がいくつもある。屈強な強面の男子生徒がそろっている部活に乗り込んであれこれ注意するのは、一般の生徒にはかなりの負担だろう。しかし麻琴なら、案外気にせず淡々とやっているという気がした。

「ちなみに組織的な話で言うと、生徒会の下部組織になるの。もともとは生徒会がやっていた仕事らしいんだけど、業務量が増えてきて、一〇年ぐらい前に独立したんだって。ほら、うちって部活動が盛んじゃない？」

「まぁ、全校生徒五〇〇〇人、部活は一〇〇以上だからな……ちなみに仕事は何人で回してるんだ？」

「いまは、私一人。生徒会の人たちにも、たまに手伝ってもらってるけどね」

「――マジか」

本当に頭が下がる。どうりで、昼休みもノートパソコンとにらめっこしているはずだ。

「というか、なんで白瀬一人なんだ？」

「部活連絡会って、本来は三人で運営するものなの。毎年四月に、『研究系』『芸術系』『運動系』それぞれの部活から代表が一人ずつ選出されるんだけど、今年はまだ、私しか決まってなくて」

麻琴は生物学研究会に所属しているから、「研究系」の代表ということなのだろう。

「芸術系や運動系の部活の部長さんたちには、早く代表を決めてもらうように、何度もお願いしてるんだけどね」

麻琴は小さくため息をついた。

「お願いって、もう七月だぞ……」

とはいえ、大体の事情は想像できた。この英印高校は部活動に対して、単なる課外活動という枠を超えて投資している。主要な部活には一流の指導者を招聘しているし、設備も高校とは思えない最新のものだ。運動系や芸術系の部活動に所属しているのは、中学時代からそれぞれの分野で実績を残してきた本格志向の連中だ。ドラフト候補やインターハイの上位入賞者、海外の有名なコンクールで金賞を獲った音楽家たちがゴロゴロしている。そういう生徒たちにとって、自身の能力向上に直結しないこと——たとえば予算作成や折衝のような雑務は、できるだけ避けたいはずだ。各部活の部長たちが押しつけ合っている間に、七月になってしまったのだろう。修だって、こういう状況になっていなければ、「忙しいから」と断っていたかもしれない。

「こう言うのもなんだが……一人しかいないっていう状況で、お前、よく引き受けたな？」

「部活の先輩から、どうしてもって頼み込まれたの。私はお母さんの関係で、土日のフィールドワークとか展示会準備とかは、基本的に出られないから。平日にできることならやってみようかなって思って」

「そうか……無理するなよ」

麻琴の家庭環境は少々複雑だ。母親は数年前に交通事故に遭って、重い障害を負った。父親はずいぶん前に離婚して家を出ていったきり、いまはどこにいるのかも分からないという。実質的に、彼女が一人で母親の介護をしていた。平日は訪問介護やデイケアを利用できるが、土日はサービスを行っていないらしい。そのため休日はどうしても、家にいないといけないとのことだった。

　四階の廊下を歩いていくと、麻琴は奥から三番目のドアの前で立ち止まった。ここが部活連絡会の事務室らしい。

　麻琴は鍵を開けて、部屋のなかに入っていく。「どうぞ」とうながされて、修も続いた。

　連絡会の事務室は、通常の教室の四分の一もない小さな部屋だった。しかし圧迫感がないのは、室内に物が少ないのと、西向きの窓から外を見渡せるからだろう。

　窓を開けてみると、梅雨明けの清々(すがすが)しい風と一緒に、校庭でシートノックをしている野球部員たちの荒々しい掛け声が室内に飛び込んできた。どこからか漂ってくる焼けた栗の甘ったるい匂いは、料理研究会の仕業だろうか。すぐ近くに見えるB棟の屋上では、写真部の部員とおぼしき女子生徒が大きな一眼レフのカメラを抱え、英印高校の広大な敷地を俯瞰(ふかん)するように撮影していた。

「普段は格技棟にいるから分からんが……こうして見ると、賑やかな放課後だな」

「うん。私はこの雰囲気、けっこう好きだよ」

　風が思ったより強く、机の上に置いてある書類が飛びそうだったので、修はいったん窓を閉める。そして、あらためて室内を見渡してみた。

入口から見て右手の壁沿いに机を四脚つなげて並べて、そこにパソコンやプリンター、モニターを置いてある。ここがワークスペースらしい。反対側の壁沿いには、図書室から運んできたような、背の高い書架が三つ。本の数は少なく、ほとんどがバインダーやファイルケースだった。

そして、ぽっかりと空いた部屋の中央には、応接セットというにはやや小ぶりな、しかしれっきとした革張りのソファが二つ、向かい合って配置されていた。

「すごいな、ソファがあるのか」

「卒業生からの寄付だよ。ジャガーズの長岡選手分かる？」

「ああ、うちの野球部のＯＢだろ」

二年連続でリーグＭＶＰを獲得した、若き主砲だ。昨年は日本代表の中軸として世界大会の優勝にも貢献し、自身はもちろんのこと、母校である英印高校の名声を一躍高めた。

「もしかして、長岡選手からの寄付？」

「うん。長岡先輩も、在学中は部活連絡会の役員やってたんだって」

「まじか……」

一流のアスリートも、高校時代は部活連絡会の役員として予算編成やらスケジュール調整やらをしていたのだ。練習を理由にして雑務を嫌がる自分たち運動系の部員たちが、途端に情けなく思えてきた。

「じゃあ、まずはこれを渡しておくね」

麻琴は机の引き出しを開けると、鍵を取り出した。そして、修に手渡す。

「扉の鍵か」

「うん。合鍵は人数分しかないから、なくさないようにね」

錆びてこそいないが、ずいぶんと年季の入った鍵に見えた。おそらく歴代の役員の間で継承されているものなのだろう。「英印高校　部活連絡会事務室」と刻印されている。

「あと、いまから金庫の暗証番号を言うから、メモしてもらっていい？」

「金庫？」

言われて初めて、書架の隣にいかにも重厚そうな黒塗りの金庫があることに気付いた。

「まとまったお金や、個人情報に関わる書類を扱うこともあるからね」

「しかし、ずいぶんと立派だな……」

見たところ、本格的な耐火金庫だった。少しの衝撃ではびくともしないだろう。

言われた数字をスマホにメモしたあと、修は麻琴に訊ねた。

「で、俺は何をやればいい？」

「それじゃあ、今年度の各部活の予算執行実績をまとめてもらってもいいかな？　来年の予算編成の参考にしたいの」

「おう」

「パソコンは、机の上に置いてあるのを使って。ログインＩＤとパスワードは……」

そうやって、麻琴にやり方を聞きながら作業を始めようとした時。

コンコン、とドアがノックされた。乱暴というほどではないが、慣れた感じのする音だった。

「どうぞ、開いてますよ」

麻琴がドア越しに来訪者に声をかける。

部屋に入ってきたのは、修もよく知っている人物だった。

「おっ、蔵元もいるのか」

スーツ姿の男性は、修と麻琴を見比べながら、意外そうに言った。

浜田悟。日本史の教師で、修や麻琴の所属する二年Ａ組の担任でもある。年齢を聞いたことはないが、四十代の前半だろうか。夏はポロシャツで過ごすことの多い英印高校の教師のなかでは珍しく、いつもきっちりとジャケットを羽織り、ネクタイを結んでいる。今日はグレーのセットアップで、すらりとした長身によく似合っていた。教師というより、都会で働く証券マンといった佇まいだ。実際元商社マンだったが、五年前、母親が病気になったのを機に地元に戻ってきて、母校の教師に転身した経歴の持ち主だった。

「二人してなんだ、デートか？」

「何言ってるんですか」

修は呆れながら言い返した。修自身はともかく、麻琴にまで変な噂が立っては申し訳ない。

「部活を休んでるんで、連絡会を手伝ってるんですよ」

「休んでるって、怪我か？」

浜田はからかうような口調をひっこめて、真面目な表情で訊ねる。

「まぁ、そんなところです」

「そうか……焦らずに治せよ。怪我を押して練習して、結局選手生命を縮めたなんていうのは珍しい話じゃない。桂木先生はそんなことはしないと思うが、部の実績のために、選手に無理させる指導者だっているからな」

浜田は苦々しい表情をしていた。浜田自身は運動系の部活の顧問をしているわけではないが、一部の部活の軍隊のような厳しさにはよく苦言を呈していた。担任として受け持っていた男子生徒が毎日足を引きずりながら練習に向かっているのを見かねて、屈強な男性教師たちが待ち構える体育科職員室に単身抗議に行ったという話を聞いたことがある。

「まぁ、とにかくしっかり休め。高校生に、身体を壊してまでやる必要のあることなんて、一つもないんだから」

「――はい」

もし法連寺学園に、浜田のような教師が一人でもいたのなら、結果はずいぶんと変わっていたかもしれない。柳瀬の苛烈な指導方針に異を唱え、あんなことが起こる前に、部の体質を変えることができたかもしれない……ふいに、そんな詮ないことを思った。

「それで先生、今日はどうしたんですか？」

「いや、ちょっと白瀬に相談があってな」

浜田はちらりと麻琴の方を見る。

相談というのは、てっきり生徒だけが来るものと思っていたので、修は少し驚いた。部活連絡会というのは、修が思う以上に学校中から信頼されている組織なのかもしれない。あるいは、麻琴自身の人望か。

「そういうことなら、浜田先生。まずはソファにどうぞ」

部屋の入口で立ったままの浜田に、麻琴が気を遣って声をかける。浜田も、「じゃあ、失礼して」と言って革張りのソファに腰掛けた。麻琴も向かいに座る。

「俺は……外した方がいいですよね」

部活連絡会を手伝いにきたとはいえ、今日が初日なのだ。もし込み入った話なら、いない方が都合がいいのではないかと思った。

「いや、こういうのは蔵元、案外お前向きかもしれない」

浜田は意外なことを言う。ちらりと麻琴を見ると、小さく頷いて座るよう目でうながした。一体何事だろうと少し不安に思いつつ、修は麻琴の隣に腰掛ける。

「さて――どこから話すかな」

浜田は視線を宙にさまよわせ、数秒の間を置いた。そして、修と麻琴を交互に見ながら、まるで雑談をするような調子で訊ねる。

「二人とも、この前の日本史の期末テストはどうだった？」

どんな相談が来るかと身構えていたので、修は拍子抜けした。横に座っている麻琴からも、戸惑うような雰囲気が伝わってくる。

「私は、九二点でした」

「……俺は、五八点だったと思います」

麻琴は学業優秀だ。家庭の事情のため勉強できる時間は限られているというのに、進学校できっちり成績上位をキープしているのは、すごいことだと思う。

「手応えはどうだった？　難易度とか、制限時間とか」

「難易度、ですか……」

質問の意図は分からないが、特別難しかったという印象も、簡単だったという記憶もなかった。強いて言うなら、

「普通、だったと思いますけど……」

問題は教科書に沿って出題されていたし、大まかな歴史の流れをおさえられているかを確認する、オーソドックスなテストだったと思う。形式もいつもと同じマークシートだった。

「だよなぁ……問題が変だったわけじゃないよなぁ」

浜田はそんなことを言いながら、ため息をついて天井を仰いだ。明るい照明の真下で向かい合うと、心なしか、いつもより少し顔色が悪く見えた。

「この前のテストで、何かあったんですか？」

麻琴の質問に、浜田は浮かない顔で答えた。

「この前っていうより、これで三回連続だ。それでさすがに、おかしいなと思ってな」

浜田はそう言いながら、脇に抱えたクラッチバッグのなかから一枚の紙を取り出して机の上に置いた。そこにはエクセルで作成したと思われるグラフがいくつか描かれている。

「まず、こいつを見てくれ」

浜田は円グラフを指さした。

「これは、前回の期末テストの結果を一〇点刻みで集計したものだ。たとえば、八一点から九〇点までの点数をとったのは受験者の八パーセント、七一点から八〇点までの間は一二パーセントっていうふうに、全体の得点分布が分かるようになっている」

「なるほど」

しかし、これの一体何が問題なのだろう。得点が集中しているのは六〇点から七〇点のエリアで、それは修の体感と合致している。

「ざっと見た感じ、得点の分布におかしなところはないように見えますけど」

「ああ。全体について言えば、一般的な分布だ」

こっちも見てくれと、浜田のその下にある円グラフに指先を動かす。

そちらは、ずいぶんと歪(いびつ)なグラフだった。九〇点から一〇〇点のエリアに、全体の七五パーセントが集中している。

「こっちは、よっぽど簡単なテストだったんですね」

「いや、同じテストだ」

浜田は腕を組み、眉間に皺を寄せながら、二つ目のグラフをにらみつけている。どうやら、この歪なグラフが、浜田の「相談」の核心らしい。

「ただ、こちらは母集団を変えてある。演劇部に所属している二六人に絞って集計すると、こういう結果になるんだ」

演劇部――ボクシング部や野球部と並ぶ、英印高校の看板部活だ。芸術系の部活のなかでは、押しも押されもしない花形である。毎年推薦入学者を数多くとっており、卒業生のなかには有名劇団のスターもいる。

しかし、学業面で演劇部が特別優秀だという話は聞いたことがない。むしろ――自分のことを棚に上げて言うと――部活動に放課後の時間の大半を注ぎ込んでいるぶん、成績上位者は少ないだろうと思われた。

「もちろん、問題は選択式だから、偶然こういう分布になったという可能性もゼロじゃない。ただ、去年の三学期の期末テストから、今年一学期の中間テスト、期末テストと三回連続だ。さすがに何かあると思ってな。しかも、それ以前からの点数の上がり幅が尋常じゃない」

「心を入れ替えて、勉強を頑張った――という可能性もありませんか？」

麻琴が訊ねる。

「あるいは、みんなで集まってテスト対策をしたのなら、同じヤマを張っていて、それが当たったのかも」

浜田は苦笑した。どこか疲れたような表情だった。

「俺もそう信じたいんだが、このデータはさすがに看過できない。何らかの不正があったと疑わざるを得ない状況だ。カンニングとか、事前に問題を盗み見たとかな」

話の成り行きが、ずいぶんと物騒（ぶっそう）になってきた。

「とはいえ、白瀬の言う通り、あいつらを信じたいっていう気持ちもある。それに、もしこのことを職員会議に上げて正式に調べるとなると、経緯を教育委員会に報告したり、部員一人一人から聞き取りをしたりして、かなりの騒ぎになるだろう。当人たちにとってはコンクール前の大事な時期だし、それは避けたいんだ」

浜田の言い分は、修にも理解できる。

危機管理の原則にのっとるなら、疑念が生じた段階で速やかに上に報告するべきだろう。しかし、もし浜田の早とちりだったなら、演劇部をいたずらに混乱させることになるばかりか、幾人ものスターを輩出している英印高校の金看板に傷をつけることになりかねない。

「そこで、だ。ここからが本題なんだが」

浜田はソファから身を乗り出すと、麻琴、修の順番で、じっと目を合わせた。

「二人には、演劇部に探りを入れてきて欲しい」

「探り、ですか……」

要するに、演劇部がシロかクロか、感触を確かめてきて欲しいということだろう。

「できれば、首謀者が誰なのか、目星をつけてきてもらえると助かる」

部活連絡会というのは、そんなことまでやるのか――これまでの具体的な活動内容を知らないのでなんとも言えないが、さすがに一介の生徒の手には余るように思える。ちらりと麻琴の様子をうかがうと、彼女も戸惑っているようだった。

「教師が動くと、どうしても大事になるからな。その点、部活連絡会なら、学業と部活の両立調査とかの名目で自然に聞けるだろう？　それに白瀬はみんなからの信頼が厚いから、正直に答えてくれると思う。スパイみたいな真似させて、申し訳ないんだが……」

浜田は深々と頭を下げた。こう面と向かって教師に頭を下げられると、さすがに居心地の悪さを感じる。

「そうですね、どこまで聞き出せるかは分かりませんけど……やれることはやってみます」

そう言って、麻琴は請け合った。

浜田の勢いに押されてしまったような気もするが、ここは新参者の修が口を出す場面ではないだろう。

「助かる。変なこと頼んですまんな」

浜田は顔を上げると、あらためて礼を言った。心なしか、ほっとしているように見える。

「演劇部は変わり者ぞろいだからな。最初はちょっと取っつきづらいかもしれん。そこは蔵元がサポートしてくれ」

「うす」

迂遠(うえん)な言い回しだったが、浜田の言わんとしていることは分かった。

アンケートという名目で聞きにいったとしても、連中は演劇以外には興味がないから、無視したり追い返そうとしたりしてくる可能性がある。コンクール前なら、ピリピリしているだろうからなおさらだ。麻琴一人だと若干心もとない。神経が図太く、なめられない外見の男がついていった方がいい。その点、修はうってつけだ。浜田が最初に言っていた、「案外お前向きかもしれない」というのは、そういう意味だったのだろう。

「あと、注文ばかりで申し訳ないんだが、一つだけ」

浜田は、ここが大事と言わんばかりに、ゆっくりとした口調で続けた。

「できるだけ、穏便(おんびん)に頼む。騒ぎになったら意味がないからな。もし演劇部がクロで、首謀者に当たりがついたら、その時点で報告にきてくれ。勇(いさ)み足になる必要はないからな」

そこだけは注意してくれと、浜田は念を押した。

浜田が職員室に戻ったあと、修と麻琴は演劇部の部室がある二階へと向かった。日をあらためても良かったのだが、浜田としてもできるだけ早く結果を知りたいだろうと思い、直行することにした。

＊

部活動に所属していない生徒たちはすでに下校し、部活をしている生徒たちは活動の真っ最中という時間だ。歩いている人もまばらでがらんとした廊下の床には、窓から射し込む橙色の西日が敷かれている。

「浜田先生、感じの良い人だよな」

廊下を歩きながら、修は呟いた。

英印高校は、全国レベルの部活動と有名大学への進学実績、その両者で名前を売っている。しかし、文字通り文武両方に秀でた生徒というのは滅多にいない。必然的に、勉強に長けた生徒には勉強の、運動に長けた生徒には運動の、芸術に長けた生徒には芸術の才能を伸ばしていくというやり方が理にかなう。教師の側もそれをよく分かっていて、運動系の部活に所属している生徒がテストで赤点をとったとしても補習はしないし、逆に成績優秀な生徒がハードな部活に入ろうとすると、勉強面に悪影響が出ることを懸念して全力で止めにかかる。

　しかし浜田の指導は、英印高校の教師にしては珍しくバランスを重視している。将来アスリートになるとしても日々の勉強は無駄にはならないし、勉強が得意な生徒が部活に打ち込んでもいいというのが浜田の考え方だった。たとえスポーツ系の特待生であっても授業中に寝ていたら容赦なく叱る一方で、中学生レベルでつまずいているような場合は粘り強く基礎から教えてくれる。修も入学当初、鎌倉時代と平安時代の順番も怪しかったのに、いまでは定期テストでコンスタントに平均点近くをとれるようになった。

　部員をインターハイで優勝させたり、受け持っている生徒を有名大学に入れる方が評価されるかもしれないが、浜田はそういった分かりやすい結果にとらわれていない。そういうところが、修には好ましかった。

「うん、そうだね。分け隔てのない感じで」

　麻琴も同じ印象を持っていたようで、歩きながら頷く。

「なんで学年主任じゃないんだろうな？」

　いまの学年主任は髪の薄い小柄な男性で、トラブルが起きないかいつもオドオドしているような印象がある。修がスポーツ推薦の合格通知を受け取って挨拶に行った時も、ボクシングという単語を出した瞬間、「スポーツ系の子はもう十分なんだけど……まぁ、とにかく、暴力問題だけはやめてね」と疑うような目で言われた。ボクシングは不良のスポーツ、なんていう先入観は、四十代以上だと案外根強かったりする。

「……生徒から人気のあるぶん、足を引っ張る人もいるらしいから。去年も、変な中傷が流れてたよ」

「ああ、そう言えば、聞いたことあるな……」

半年ほど前に、浜田が女子生徒と不倫しているという噂が流れた。もっとも、証拠もなく、おもしろ半分のデマだったという結論になったらしいが。どこの世界にも、実力で勝負できないからといって卑怯な手段に訴えるやつはいるものだ。

そんなやりとりをしているうちに、演劇部の部室に着いた。部室前の廊下では、数人の演劇部員たちが床にブルーシートを広げ、その上で木板を糸鋸で切ったり、ペンキで塗ったりしている。どうやら大道具を作っているらしい。その横では、仰向けに寝そべって腹筋トレーニングをしている者もいる。修の持つ「演劇部」のイメージとはだいぶ違う光景だった。

「日比野さん、お疲れ様」

麻琴は、木板をヤスリで磨いている女子生徒に話しかけた。こういう時、躊躇なく声をかけることができる彼女を、たまにうらやましく思う。

「あ、マコじゃん。どうしたの？」

話しかけられた女子生徒は振り向くと、麻琴、修の順番で視線を滑らせる。

名前は確か、日比野真奈。同じクラスだが、あまり話したことはない。彼女の方も、ボクシング部の筋肉馬鹿がこんなところで何をやっているのかと、若干不審そうな顔だった。しかし、隣に麻琴がいるおかげで警戒はされていないようだ。

「ごめんね、部活中に」

「ううん、構わないよ。マコにはいつも勉強教えてもらってるしね」

日比野は愛想よく微笑む。

「ちょっと部活連絡会の仕事で聞きたいことがあって」

「じゃあ、部長呼んでこよっか？」

「あ、大丈夫！」

ブルーシートから腰を浮かせた日比野を、麻琴はあわてて引き留める。

「各部活一人ずつから聞いてるだけの簡単なアンケートだから」

「あ、そうなんだ」

「日比野さんにも協力してもらっていいかな？　五分ぐらいなんだけど」

「もちろん」

麻琴は、メモ帳とボールペンを取り出すと、「得意科目と苦手科目は？」「勉強と部活の両立で頑張ってることは？」「部活のみんなで一緒に勉強することってある？」など、日々の勉強に関する質問を重ねていった。

その様子を横で見ていた修は、うまいな、と思う。

いきなり核心の質問に入れば、もし演劇部が不正をしていた場合、間違いなく警戒されてしまう。しかし、こうしてダミーの質問のなかにまぎれこませれば、自然な流れで訊ねることができる。こういうところの器用さは修にはないものだ。

「ちなみに、この前の期末テストで、点数良かったのって何？」

「英語と……日本史かなぁ」

話題が徐々に本題に近づいてきた。

「日本史はどうやって勉強したの？　日比野さん、部活で忙しいから大変だと思うんだけど」

「日本史はねぇ、ふふ」

日比野は含みのある笑みを見せる。これは何かあるなと、修は直感した。

しかし、彼女の口から出てきたのは、思いもよらないものだった。

「日本史の期末テストにはね、法則があるの」

「法則？」

「そっ、法則さえ分かっちゃえば余裕だよ」

カンニングでも、問題用紙の盗み見でもなく、「法則」。

メモをとっている麻琴も、表情には出していないが、どこか戸惑っているように見える。

「法則って、どういうこと？」

「うーん、マコは頭いいし、成績良いから、知らなくても大丈夫だと思うけど――」

「――困るなぁ、勝手に人に話しちゃダメって言ったはずだよ」

突然、気怠(けだる)げな声が会話に割り込んできた。

振り向くと、そこには痩身の男子生徒がいた。

「ごめんごめん。友達に聞かれてて、ついね」

日比野は悪びれた様子もなく、ぺろりと舌を出す。

「君が日本史が苦手だって言うから、特別に教えてあげたんだよ。いまはテスト対策より、演劇の方に集中してもらいたいからね」

人形のように端整な顔立ちだった。涼しげな切れ長の目に、線で引いたような鼻梁(びりょう)、薄い唇。両耳にピアスを開けていて、髪はなんと銀色に染めていた。容姿自体はかなり派手なのに、不思議と落ち着いた雰囲気がある。しかしそれは、穏やかさではなく、どこか冷たさを感じさせる落ち着きだった。

「念のため聞くけど、この二人以外に、法則のことを教えた？」

「えっと……マッキーと、竜一と、浩介と、玲菜ちゃんと、ノギっちと……六人ぐらいかな」

「ふぅん、本当かい？」

男子生徒は微笑みを浮かべて、日比野を問いただす。甘さと鋭さの同居した、不思議な表情だった。艶やかなのに、嘘を許さない脅迫者のようなすごみがある。案の定、日比野は「ごめん、演劇部のなかで、二〇人ぐらいには話しちゃった」とバツが悪そうに答えた。

「終わったことは仕方ないけど、あんまり大勢に言っちゃダメだよ？」

「う、うん。ごめんね」

「いや、怒ってるわけじゃないよ。でも、パ、タ、ー、ン、を変えられて困るのは君だからね――さっ、仕事に戻らないと。公演は近いよ」

男子生徒にうながされると、日比野は麻琴に向かって「ごめん、また今度ね」と呟き、ブルーシートの方へと戻っていった。

突然の成り行きに、修はしばし唖然としたが、一拍遅れて腹が立ってきた。

日比野が自分の意思で話さないというなら、仕方ないと納得できる。しかしいまのは完全に、突然割り込んできた銀髪の男子生徒が、日比野の発言を封じたという格好だ。部内でどんな立場にいるのか知らないが、その強引さには反感を覚えた。一体こいつは、何の権利があって麻琴と日比野の会話を打ち切ったのだろうか？

「――おい、そこのお前」

気付けば、一歩前に出ていた。

すぐ横にいる麻琴が、「修、いいから」と慌ててたしなめようとする。

しかし麻琴には悪いが、ここは退くわけにはいかなかった。

修は小さく息を吸う。

法連寺学園を去ってから、死に物狂いで練習してきた。インターハイで優勝し、ジュニアの世界タイトルも獲った。

怯えて何も言えなかったあの時とは、もう違うのだ――。

「二人が話してるのが見えなかったのか？」

「おやおや」

男子生徒は、芝居がかった仕草で長身の修を見上げると、眉をひそめた。

「日当たりが悪いと思ったら、どうりでね。でくの坊がいた」

「……なんだと？」

人相が悪いことは自覚している。ほんの少し声を荒らげただけで、脅しているように聞こえてしまうことも知っていた。しかし目の前にいる飄々とした雰囲気の優男は、修の鋭い目つきを前にして、口元に浮かべた薄ら笑いを崩さない。

「しかし残念だね。二年生にはボクの他にもう一人、S特待生がいるって聞いていたけど。まさか、こんな見るに堪えない野蛮人とは」

「S特待……？」

英印高校には、二年生だけで約一七〇〇人の生徒がいる。そのなかで、入学金・授業料ともに完全免除で入学したS特待生は二人だけだ。

一人は、高校生離れしたフィジカルを武器にボクシングの中重量級で活躍する蔵元修。

そしてもう一人は……シェイクスピアの再来とも言われる戯曲家にして、演出、作曲、俳優もこなす神童。英国からの帰国子女で、名前は確か――

「御堂慎司、って聞いたことないかい？　まぁ、君は見るからに芸術には縁がなさそうだし、知らないよね」

「初対面だっていうのに、ご挨拶だな」

「ボクはね、運動系の連中が嫌いなんだよ」

御堂は不快さを隠そうともせずに、低い声に感情を乗せて言い放った。

「いつも群れて、ところかまわず大声を出して、無知や不勉強を勲章みたいに振りかざしてくる君たちが、どうにも我慢ならないんだ」

「奇遇だな。俺も、『ぼくたちはゲイジュツカです』っていうツラしてふんぞりかえってる、偉ぶった青びょうたんが大嫌いなんだよ」

　すると、御堂は「おや」という顔をした。どうやら、そんなふうに切り返されるとは思っていなかったらしい。

「大体、なんだその髪やピアスは？　人と違うことをやれば格好良いとでも思ってるのか？」

　修はルールを守らない人間が嫌いだ。常識というものを無視し、善悪ではなく好悪で物事を判断する人間に本能的な反発を覚える。こういう人間のうち何割かが、虫の居所次第で人を殴りつける、あの男のようになってしまうのだろうとすら思う。

「だからさ、そうやって理解できないものを排斥しようとする態度こそ、文明人として致命的だよねっていう話さ。ちなみに英印高校から推薦入学の打診を受けた時、こっちから出した条件の一つに、ボクの髪型や服装には一切口を出さないっていうのがある。つまり、これは正当な権利だ」

　御堂は鼻先で笑うと、軽蔑するような口調で言い返した。

「ボクはむしろ、全員同じように髪を短く刈り込んで、同質的であることを美徳とする君たちの価値観の方が、よほど不気味だけどね」

「そうやって一生、斜（しゃ）に構えてろ。自分たちは俗な連中とはひと味違うんだっていう、気持ち悪い陶酔感と自己満足だけ抱えて、あとは何も残らんと思うけどな」

「修！　お願いだから、ちょっと落ち着いて……」

浜田には「穏便に」と言われていた。しかし、ここで引き下がるわけにはいかなかった。

「言うに事欠いて、自己満足だと？　それは君たちだろう。高校生にもなって、球遊びやチャンバラ、殴り合いで勝った負けたと、恥ずかしくないのかい？」

「御堂さん、もっと言ってやってください！」

「お絵かきやごっこ遊びで喜んでる連中に言われたかないね。勝ち負けを追求してこそ、見える景色がある。そこを濁（にご）してるお前らは、いつまでたっても自己満足だよ」

「いいぞ蔵元！」

……いま、何か聞こえなかったか？

振り返って、修はぎょっとする。そこには、バスケ部やサッカー部の連中がずらりと控えていた。体育館やグラウンドの順番待ちで校舎内を走っている時に、この騒ぎを聞きつけてやってきたのかもしれない。まるでお祭りのようにはやし立て、「びびってんじゃねーよモヤシ」「芸術とか自己満だろ」と言いたい放題に叫んでいる。

よくよく周囲を見てみると、運動系だけではなく、軽音部や美術部、文芸部など芸術系の部員たちも大勢集まってきていた。彼らは御堂の後ろに立ち、やはり野次を飛ばしている。「サルは野原に帰れ！」「いつも臭いんだよ、シャワー浴びてから教室に来い」と、こちらも散々な言われようである。まるで修と御堂が、運動系と芸術系の代表として、日頃互いに抱えている鬱憤をぶつけ合っているようだ。

こうなると、もう引っ込みがつかない。

修と御堂は無言でにらみあった。しかし表情は対照的だ。修は珍しく眉間に皺を寄せて感情をむき出しに、御堂は冷ややかな薄ら笑いを浮かべて。

そして、修が口を開き掛けた時――。

「そこまで！」

鋭い声が、廊下に響き渡る。

叫んだのは、修と御堂の間に割って入った、麻琴だった。

麻琴はいつになく険しい表情で、修と御堂を交互に見ながら、子供を叱るように言った。

「特待生だったら、なおさら、みんなのお手本にならないと。そうやって罵り合うのが、一流を目指す格闘家や芸術家の流儀なの？」

白熱していた廊下が、水をうったように静まりかえる。

御堂は肩をすくめたあと、両手を上げた。もう敵意なし、の意思表示だろう。

こうなると、修も矛を収めるしかない。激情がすうっと引いていった。そして、先ほどまでの自分が、練習できないことの不満のはけ口を探して怒鳴っていたように思えて、途端に恥ずかしくなった。

＊

「白瀬、さっきはすまなかった」

「ううん、分かってくれたら、それで」

麻琴は柔らかい口調で、首をそっと横に振る。大声を出したことがよほど恥ずかしかったのか、うつむき加減で頰をすこし赤らめていた。

「確かに、ボクも大人げなかったよ。君が止めてくれて助かった」

御堂はソファに腰掛けると、麻琴に向かって素直に頭を下げる。そのこと自体は殊勝だが、相変わらずの気取った物言いがやはり気にくわない。何が「大人げなかった」だ。

先ほどの騒動のあと、麻琴は修だけではなく、御堂も事務室に連れて戻ってきた。最初は「なんでこんなやつを」と思ったが、よくよく考えてみると好判断だ。あの場を穏便に収めるには、修と御堂、どちらかが残っていてもいけない。そうでないと、片方が「引き下がった」という形になって禍根を残すことになる。

「しかし、ボクもまだまだだな。あんな安い挑発に乗ってしまうとは」

「挑発？　先に喧嘩ふっかけてきたのはそっちだろ」

「攻撃されたと感じるのは、君に後ろめたさがあるからだよ。文句を垂れる前に、少しは自省したまえ」

「二人とも？」

麻琴が怖い顔になったので、修は口をつぐんだ。御堂も薄く笑って、「いや、すまない。どうも彼とは相性が悪いね」と肩をすくめる。芝居がかった仕草だが、この男には嫌味なぐらい馴染んで見えた。

「本題に戻ると……そうそう、日本史のテストの『法則』の話だったね」

そう、修たちはもともと、演劇部の部員たちの日本史の点数が不自然に高いという理由で、探りを入れに行ったのだ。

「御堂くん、『法則』って、どういうこと？」

「くん、はいらないよ。なんなら、慎司って呼んでもらっても」

女性にはずいぶんと気安く話す男だと思ったが、顔が良いというのは得なもので、こいつが言うと図々しい感じがまるでしない。表情は柔らかく、まるで雑誌の切り抜きのように完璧な笑みだった。

「ちなみに、白瀬さんのファーストネームは？」

「ま、麻琴だけど」

「とりあえず、ボクは一足先に麻琴って呼ばせてもらうね。こっちの方が響きが良いし、君に似合ってる」

修はげんなりする。そういう歯の浮くような台詞(せりふ)をよく言えるなと思った。

「それで『法則』だけど、単純な話さ。これさえ分かれば、浜田のテストはいっさい勉強しなくても攻略できる」

「浜田先生、な」

修は御堂をにらむ。

「目上の人には敬称をつける。芸術系の部活ではそんなことも習わないのか？」

「運動系の連中は、つくづく形式が好きだね」

御堂は薄く笑う。

「もっと言うと、彼は侮(あなど)られても仕方のない教師だ。浜田の授業は実に表層的だよ。生徒に歴史の語句を暗記させることに終始して、試験も参考書から抜き出してきたようなマークシート形式だ。退屈すぎて、ボクは予習はおろか、復習だって一度もしたことがない。授業そのものが時間の無駄と言えるね。率直に言って程度が低い」

「――よし、御堂。表に出ろ。お前に礼儀ってものを教えてやる」

修は廊下へとつながる扉を親指で指した。さすがに世話になった人を馬鹿にされるのは、我慢ならない。

「修！」

麻琴は鋭い声で制すると、御堂の方を向いて言った。

「慎司くんも、挑発するのはやめて」

「そんなつもりはなかったんだが……まぁいいや。確かにこのままだと、話が進まないね」

確かに、この調子でお互いに突っかかっていたら、話し終えるのに一〇〇年ぐらいかかりそうだ。修はゆっくり息を吐いて、気持ちを落ち着ける。

「浜田は定期考査の一週間前になると、実力テストとかいう名目で、定期考査と同じ形式のテストをやるだろう？」

御堂はふたたび話し始めた。

「実力テストは必ず五〇問で構成されている。これは定期考査の問題数と一致する。さて、ここからが肝心だ、よく聞きたまえ。この実力テストの正答と、定期考査の正答には、明らかな法則性があるのさ。たとえば、実力テストの一問目の正答が『A』だったとしようか。すると、一週間後の定期考査の一問目の正答は『B』になる。実力テストの二問目が『B』なら、定期考査の二問目の正答は必ず『C』だ。そうやって、実力テストの正答の記号を一つずつずらしていくと、定期考査の正答と完全に一致するんだ」

「……嘘」

麻琴は、あっけにとられたように呟く。修も同じ気持ちだった。

「ボクはこれを、『一字ずらしの法則』と呼んでいる」

「でも、そんな偶然って」

「偶然であるものか。何せこの法則、ボクが確認した限り、去年の一学期――つまりボクたちが入学して最初に受けた定期考査から、七回連続で成立している」

「七回……」

「ボクはこの『一字ずらしの法則』を、去年の期末テスト前に発見した。もっとも、あんな単純なマークシート試験、法則を使うまでもなかったけどね。日比野のように、助けが必要そうな部員たちと共有させてもらったよ。うちの演劇部は、暗記系の科目は苦手なやつが多いから」

にわかには信じられない話だった。

御堂の話が正しいとすれば、演劇部はカンニングや答案の盗み見などに手を染めていたわけではない。もちろん決して褒（ほ）められたやり方ではないが、不正とは言えないだろう。それどころか、そんな単純な法則に沿って正解の記号を決めていた教師の方にこそ、落ち度があると言えるかもしれない。

「……御堂。お前、適当なこと言ってるんじゃないだろうな？」

「そう思うんだったら、自分で過去問を調べてみるといいさ。ボクは持ってないし、一度も見返したことはないけどね」

御堂は冷ややかに言う。確かに、過去問を確認すればすぐに分かることだ。嘘ならもっとばれにくい嘘をつくだろう。

「しかし先生は、なんでそんなことを……」

「さあね？　興味ないけど――まぁ、推測はできる」

御堂は皮肉っぽく口元を歪めた。

「お気に入りの生徒にサービスしてたんじゃないか？　ほら、確かあっただろう、女子生徒と不倫したとかいう噂が。あの相手とかに」

「馬鹿言うな」

修は眉をひそめた。

「浜田先生に限って、そんなことあるはずないだろ。大体その噂は、結局証拠なんて見つからなかったはずだ」

「『やった証拠が見つからない』イコール『やってない証拠』じゃないさ——まぁ、それはいいとして」

御堂はまっすぐに修を見る。

いつの間にか茶化すような雰囲気は薄れていた。目の奥にたたえた光には鋭さ、そして夜の川底に揺らぐ黒い水のような陰がある。人形のように整った顔立ちのなかで、その目だけが、日の当たらない場所からのぞき込んでいる他の誰かのもののように思えた。

「蔵元、同じS特待生のよしみだ。世間知らずな君に、一つ教えてあげよう」

「……なんだよ」

「あいつに限ってやるはずないとか、こいつに限って信頼できるとか、そういう思考はナンセンスだよ。聖人だって追い詰められたらパンを盗むし、家の食い扶持（ぶち）がなくなれば親だって子供を殺す。肝心なのは人格より環境さ。『羅生門（らしょうもん）』は読んだことあるかい？」

「回りくどいな、何が言いたい？」

修は腕を組みながら言った。

「さっきから君の話を聞いているよ、浜田のことをずいぶん信用しているようだね。しかし、他人はしょせん他人さ。どれだけ打ち解けたところで、本当の人格なんていうものは見えやしないよ。むしろ、『自分は相手のことを深く理解している』という傲慢さが、何より人の目を曇らせるのさ」

御堂はそう言うと、ソファから立ち上がった。そして、「この件についてボクが話せることは、これで全部だ。あとは任せるよ」と言い残して、連絡会事務室から出ていった。

＊

「初日から、大変だったね」

「ああ……追い込み練習のスパーリングより疲れた」

この海沿いの道は急峻だ。坂の勾配がきつくなってきたので、修はマウンテンバイクのペダルを強く踏み込んだ。東京に住んでいる親戚からたまに、海に面した通学路なんて青春っぽくて素敵だねと言われることがあるが、実際はそんな良いものではない。夏は暑いし、冬は寒い。朝は水面の照り返しで前を向いていられないほど眩しくて、夜は不気味なほど暗いのだ。時化の海から吹き込む風が、隣で自転車をこいでいる麻琴の甘栗色の髪をかき乱していた。

「明日のことなんだけど……慎司くんの言ってた『法則』も含めて、分かったこと全部、浜田先生に伝えていいのかな？」

「そうだな――」

ペダルに体重を乗せながら、修は答えた。

「俺は、まず率直に報告するべきだと思う。そのあとのことは、先生と相談して決めたらいいんじゃないか？」

「一字ずらしの法則」のことは、まだ誰にも話していない。御堂が出ていったあと、修と麻琴は職員室に寄ったのだが、浜田は席を外していた。

戻ってくるまで待つという手もあったが、受け持っている部活の指導に行っているのだとしたら、いつになるか分からない。修はともかく、麻琴は家の事情もあるから、あまり遅くまで残るわけにはいかない。そこで、報告は連休明けに持ち越して、今日のところは帰ることにしたのだ。

「うーん、そうだよね……」

麻琴は頷きながらも、どこか釈然としない表情をしている。

「ねぇ修、ちょっとそこで少し休んでいかない？」

前方には、数年前に廃業したホテルがある。誰も手入れしなくなって久しい薄汚れた窓の前に、古い自動販売機が見えた。いまどきICカードにも対応していないその筐体は、夕闇のなかぽつんと取り残されたように、寂しげな青白い光を放っている。長年潮風に晒されてきたせいか、まともに動いていることが不思議なぐらい赤錆びまみれだった。この自動販売機で買った飲み物を口にするのは、正直ちょっと怖い。

「俺はいいけど、そっちは時間大丈夫か？」

「うん。お母さんがデイケアから帰ってくるまで、まだちょっと時間あるから」

道端に自転車を止めると、麻琴は古びた自動販売機の前に立ち、アイスカフェオレを購入する。修は少し迷ってから、コーラのボタンを押した。ふだんは節制のために甘味系飲料は控えているのだが、どのみちしばらく試合の予定はないのだ。

ベンチなんていう気の利いたものはないので、二人でコンクリートの堤防に腰掛ける。

「あ、コンクリート、そこまで熱くないね」

「この時間だからな」

午後六時。立山連峰と日本海に挟まれたこの小さな町では、太陽は山際から昇り、水平線に撃ち落とされていく。いまは昼間の残り火のような弱々しい明かりが、かろうじて海辺にかかっているだけだった。あと三〇分もすれば、この堤防沿いの道も夜の淵に沈むはずだ。

「……修。やっぱり私、この話はいったん、教頭先生に預けた方がいいと思うの」

麻琴は、ぽつりと言う。

麻琴がそう考える理由は、修にも分かる。

御堂から話を聞くなかで、この一件は「演劇部による不正」という、浜田の想像した当初の絵とは大きく異なることが分かった。それどころか、浜田自身に何らかの落ち度があったという可能性も浮上している。ならばいったん学校の上層部、たとえば教頭あたりと情報共有した方がいいのではないか――そういうことだろう。

「お前の言ってることも分かるが」

修はプルタブを開け、よく冷えたコーラに口をつけた。久しぶりのきつい炭酸の刺激は、まるで痛みのように喉(のど)にひりついて感じる。

「この一件を依頼してきたのは浜田先生だし、まずは浜田先生に報告するのが筋だろ。頭を飛び越えていきなり教頭先生に報告するっていうのは、不義理じゃないか？」

「でも、もし浜田先生が、私たちに何か隠してたら？」

「それは――」

「だって、さすがにおかしいと思うの。あの『一字ずらしの法則』に、どんな意図があるのかは分からないけど……七回連続で一致するなんて偶然じゃありえないし、正答の記号をコントロールできるのは、問題を作った浜田先生だけなんだよ？　もしかして、何か後ろめたいことがあるのかも」

「馬鹿言うな。浜田先生に限って、そんな――」

――あいつに限ってやるはずないとか、こいつに限って信頼できるとか、そういう思考はナンセンスだよ――

先ほど御堂に言われたことを、頭のなかで反芻する。

あんなやつの言うことなんて戯言だ。耳を貸す必要なんてない。そう自分に言い聞かせているのに、どういうわけか、その言葉が頭から離れなかった。

「……まぁ、確かに、不自然だな」

状況からいって、そう認めざるを得ない。

「ただ一方で、後ろめたいことがあるのに俺たちに調査を頼んできたっていうのは、それはそれで変じゃないか？　依頼さえなかったら、俺たちがこの『一字ずらしの法則』に気付くこともなかったんだから」

「うん。私も、そこが引っかかるの」

思うに、この一件のおかしなところは、「法則」そのものではない。

教師が、実力テストと定期考査の正答記号に明確な法則を設定するというのは、確かに奇妙なことだ。

しかしそれ以上に、その調査を修と麻琴に依頼してきたというのは、どう考えたっておかしい。浜田は問題の作成者であるから、「法則」のことは当然知っていたはずだ。演劇部員たちの不自然な高得点がその「法則」を利用したものだということも、予想がついたはずである。

「……まぁ、考えても、分からんな」

修はコーラを飲み干した。げっぷが出そうになるが、幼馴染とはいえ女の子の前なので、我慢することにする。

「ふふ」

なぜか麻琴は、修の方を見て小さく笑った。

「……なんだよ」

「ううん、なんでも。ただ、さっきのこと思い出して」

麻琴は嬉しそうに言った。

「修があんなに怒ってるの、久しぶりに見たかも」

「……あれは、あの御堂とかいう馬鹿野郎のせいだ」

思い出すだけで、腹の底がむかむかしてくる。あの薄ら笑いも、斜に構えた態度も、気取った物言いも、何もかも気にくわない。

「もちろん、喧嘩は良くないけど。さっき慎司くんと話してる時、生き生きとしてたよ」

「お前まで変なこと言わないでくれ」

修は腕を組んで、眉間に皺を寄せた。

「あいつと話してると、無性に腹が立ってくるんだ。うまく言えないんだが……俺がいままでやってきたこと、積み上げてきたものを、まるごと馬鹿にされたような気分になる」

「修の場合、そのぐらいがちょうどいいんじゃない？　もともと感情をあまり表に出さないタイプだから、誰かに感情を引き出してもらった方がうまくいくと思うの」

「……そんなもんか？」

「そんなもんだよ」

彼女はゆっくりとカフェオレを飲み干した。そしてハンカチで口元をぬぐうと、どこか憂鬱そうな表情で、堤防の外側に視線を向ける。修もつられて振り返り、七月の荒れた海を眺めた。

浅瀬に敷き詰められたテトラポッドの隙間から、砕け散る白波が見える。遠くから漁船の汽笛が聞こえた。子供の頃は、この汽笛が海に潜む巨大な怪物の雄叫びのように思えて、ひどく恐ろしかったことを覚えている。この町の子供はみんな、「人は死んだら海に還る」と教えられるから、死のイメージと時化の海の暗い色が結びついて、いっそう畏怖（いふ）を覚えていたのかもしれない。

「ひどいね、ゴミが捨てられてる」

　麻琴の悲しげな視線の先を追うと、テトラポッドの上にTシャツが数枚散らばっていた。使わなくなったものを、誰かがまとめて捨てていったのだろうか。地元愛が強い方だと思ったことはないが、こうして生まれ育った町の海が汚されているのを見ると、まるで自分の家の庭先にゴミをぶちまけられたような不快感を覚える。

「……私、海を見るたびに、いつも思うんだけど」

「どうした」

「テレビとか映画に出てくる海って、どれもすごく綺麗で、青くて、優しいよね」

「まぁ、確かに」

「一般的に海といえばさ、青春の象徴で、恋の始まりで、甘酸っぱい記憶の一ページで、もう二度と戻らない日々じゃない？」

「言いたいことは、分かる。この町の海とテレビのなかの海じゃ、全然違うってことだろ？」

「そう！　同じ海なのに、日本海に日が沈むと、急に演歌のイメージになっちゃう。ひなびた漁港の町で、遠洋に出た夫を待ち続ける内縁の妻——みたいな」

「たとえが渋すぎるだろ、さすがに」

修は苦笑する。

麻琴の母は、交通事故に遭うまでスナックを経営していた。自宅はその二階で、修も小学生の頃はよく遊びに行った。居心地が良かったのでついつい長居してしまい、夕方になると、一階の店から決まって客の歌う演歌が聞こえてきたことを覚えている。そんな環境で育ったから——というわけではないかもしれないが、麻琴は何かわびしいもの、情緒あるものを表現する時、演歌を引き合いに出すことが多い。

「あっ——そろそろ、帰った方が良さそう」

麻琴は腕時計をちらりと見た。

「引き留めちゃってごめんね」

「いや、俺はまったく」

修は空き缶をゴミ箱に捨てて、マウンテンバイクにまたがった。

「今日のこと、先生にどうやって報告するかは、また連休明けに相談しようか」

「ああ」

結論から言うと、日本史の定期考査をめぐる一件について、修たちが浜田に報告を上げることはなかった。

連休明けの火曜日、浜田は学校を休んだ。翌日の水曜日も、浜田は学校に来なかった。

そして木曜日——帰りのホームルームで、副担任が重苦しい声で生徒たちに伝えた。

「浜田先生は、退職されました。明日からは、私が担任を務めます」

ざわつく生徒たちを静かにさせるのに、まだ若い副担任は五分以上かかった。

＊

「一体、どうなってるんだよ……」

ホームルームが終わったあと。

修は連絡会事務室のソファに腰掛け、天井を仰ぎながら力なく呟いた。

「しかも、懲戒免職だっていう噂だろ？」

「うん……みんなそう言ってるね」

麻琴は窓の外を眺めながらぼうっとしている。目は虚ろで、いつになく抑揚のないハスキーボイスは、穏やかというより物悲しげだ。

学校側は浜田が退職した理由について、「一身上の都合」としかアナウンスしていない。

懲戒免職というのは生徒の間で流れている噂に過ぎないが、本人の挨拶もなかったことを考えると、やはり通常の退職ではないように思えた。

「やっぱり、あの一件が関係してるのかな？」

「というか、それぐらいしか、心当たりがないな」

「だよね」

強いて推測するのなら、実力テストと定期考査の正答記号の法則性が、学校上層部にも知られたというところか。これは確かにあってはならないことであり、浜田の作成したテストは、試験としての機能を十分に果たせていなかったということになる。その責任を問われて処分を受けた——というのが、手持ちの情報で作り上げることのできる、最もわかりやすいストーリーだろう。

そのことを話すと、麻琴は、「確かに、その可能性はあるかも」と頷いた。

「でも私たち、まだ誰にも話してないはずだけど……」

「俺たちは、な。だけど昨日の日比野の話だと、演劇部だけで、少なくとも二〇人前後は『法則』のことを知っていたってことになる」

人の口に戸は立てられない。スマホやＳＮＳが影も形もない時代からそんな言葉があるぐらいだ。勉強せずともテストで満点をとれるようなおトク情報を誰にも言わず黙っていろというのは、現代の高校生には無理な話だろう。「法則」のことが学校中に知れ渡るのは、時間の問題だったはずだ。

「これ、金曜日にも話したことだけど……先生はなんで、私たちにあんな依頼をしたのかな？」

「結局、そこに戻ってくるな」

修は両腕を組んで、目をつぶった。

浜田が「法則」を作った意図は、いったん置いておく。そのうえで、彼の立場になって考えてみた。

浜田はテストの結果から、演劇部のかなりの人数が「法則」を知っていることに気付いていたはずだ。これは彼にとって、ゆゆしき事態である。もし「法則」の存在が学校上層部にも知られたら、その意図がどうであれ、確実に責任を追及されるのだから。

窮地(きゅうち)に陥った浜田は、部活連絡会に調査を依頼した——ここが分からない。

演劇部の部員だけ平均点がずば抜けて高い理由など、問題作成者である浜田自身が、誰よりもよく分かっていたはずなのに。

「……いったん、事実を整理してみるか」

ボクシングの試合でもそうだが、混乱した時に大事なのは、状況を俯瞰して見ることだ。

「分かっていることその一。浜田先生の作成した実力テストと定期テストの正答記号には、明確な法則性があった。それは少なくとも、俺が転校してくるよりずっと前――御堂は確か、入学して最初の定期テストからって言ってたから――白瀬たちが入学した直後の中間テストから、続いていた」

修は淡々と続ける。

「分かっていることその二。この法則がどこまで出回っていたかは不明だが、少なくとも演劇部では大勢が知っていた。これはデータからも明らかだ。そしてどうやら、演劇部で最初に『一字ずらしの法則』のことに気付いたのは御堂だったらしい。広めたのは御堂と日比野だ」

そしてここからが、情報から読み取れること――つまり解釈だ。

「そもそもの話だが、浜田先生はなんで、こんなことをしたんだと思う？」

「うーん……」

麻琴は考え込むように視線をさまよわせ、数秒の間を置いてから答えた。

「誰かに定期テストの正答を教えるためじゃないかな？　私もこんなことは言いたくないけど、たとえばお気に入りの生徒がいて、そのコの成績を上げるためにやった……とか」

「まぁ、だよな」

昨日、御堂に同じようなことを言われた時にはカッとなって突っかかったが、冷静になって考えてみると、可能性としては十分にあり得るような気がする。しかし一方で、違和感は残る。

「でも、おかしくないか？　誰かに定期考査の正答を伝えたいなら、メールでも電話でも、なんなら口頭でも、いくらでも方法はあったはずだ」

「うん、私もそれは気になった。確かに、ちょっと不自然だよね。お気に入りのコの成績だけ上げたいんだったら、本人にこっそり話せばいいのに」

「逆に考えてみると、先生は、この暗号みたいな危険な方法をとらざるを得なかったんじゃないか？」

世のなか、秘密のメッセージをこっそり伝える手段なんて、いくらでもある。電話、メッセージアプリ、チャット、ファックス、メール……よりどりみどりだ。それにもかかわらず、推理小説じみた手段をとったことには、相応の事情があるのだろう。

「切り口を変えてみると、電話やメールにはない利点が、テストを使った暗号──『一字ずらしの法則』にはあったっていうことだ」

「うーん、利点かぁ……」

麻琴は白い頬に手をあてる。

「手間はかかるし、証拠も残るし、何よりテストは大勢の人たちが見るものだから、バレちゃう可能性があるし……デメリットだらけな気がするけど」

「まぁ、確かにな」

バレやすいというのは、致命的だろう。事実、こうしてバレている。何せ、「一字ずらし」という「鍵」にさえ気付いてしまえば、誰でも暗号を読み解くことができるのだから──。

その時だった。

修の頭のなかで、一つの仮説が立つ。

視点を変えてみればいいのだ。

「……確かに、暗号を使うことのメリットは、浜田先生にはない」

盲点だった。暗号は、送り手だけでは成立しない。

「一方、情報を受け取る側にとっては、一つ明確なメリットがある」

「受け取る側……？」

麻琴はまだピンときていないようだった。

「匿名性(とくめいせい)だよ。メールや電話だと、情報を手に入れるためには、自分のアドレスや番号を先生に伝えなくちゃいけない。しかしこの方法なら、『鍵』さえ知っていれば簡単に情報を手に入れることができる」

「修、ちょっと待って。それって、つまり――」

麻琴は慌てたように言う。

「先生は、相手が誰か分からずに、定期テストの正答を伝えていたってこと?」

「ああ。もっと言うと、情報の受け手は、自分の素性(すじょう)を隠したがっていたっていうことだ。となると、『一字ずらしの法則』自体は、受け手側から提案されたものである可能性が極めて高い。たとえば――」

修は、具体的な状況を想定した。

「とある生徒が――仮にXとしよう――職員室の浜田先生の机に、一枚のメモを置いておく。そのメモには、実力テストと定期考査の正答を、『一字ずらしの法則』に従って設定すべしという命令が書いてある。準備はそれで終わりだ。あとは、浜田先生がその法則に従い続ける限り、Xはテストの正答を入手し続けることができる」

「言ってることは分かるけど……」

麻琴は納得がいっていない様子だった。

「先生が、Xの指示に従う理由はないんじゃないかな?」

「そう。そこが、この話のキモだ。もしかして先生は、Xに脅されていたんじゃないか？」

「脅されてた……？」

「ああ」

そう考えると、これまで不自然に見えていた様々なことに、ある程度合点がいく。

「言うことをきかないと家族に危害を加えるとか、学校の貯水タンクに毒を投げ込むとか。まぁ、なんでもいい。とにかく犯人は、そういう卑劣な脅し文句を、手紙か何かを通じて先生に送ったんだろう。『これに従わないと、ただじゃすまないぞ』っていう感じでな」

浜田は、優しく献身的な教師だ。人質をとられたら弱いだろう。見えない脅迫者に抗えなかったとしても、不思議ではないと思った。

「でもそれって、完全に犯罪だよね……？」

「むしろ、だからこその『匿名』だろ」

メールや電話で正答を聞き出すというやり方では、素性を調べられる可能性がある。たとえ、いわゆる「捨てアド」や非通知設定を使ったところで、警察が本気を出して調査すれば足がつくだろう。その点、暗号を使ったやりとりであれば、最初のコンタクトさえ取れたらあとは安全だ。

「だが、いつまでも脅迫に屈しているわけにはいかない。先生は反撃に転じようとしたんだ。テストの点数を集計しているなかで、先生は演劇部のなかにXがいるとにらんだ。しかし積極的に動いて、そのことにXが勘づいたら何をしでかすか分からない。そこで——」

「……私たちに、脅迫者探しを依頼した」

修は、こくりと頷く。

全体像が徐々に明らかになっていく。無関係だと思っていた点と点がつながり、意味を持った形になる瞬間を見た気がした。

「ところが、『一字ずらしの法則』は瞬く間に有名になって、ついに学校上層部の耳に入ってしまう。学校側はもちろん、先生を追及しただろう。しかし先生は脅されていて、弁明することができない……その結果が、今回の退職だ」

修は腹の底から怒りを覚えた。

浜田は、卑劣な脅迫者Xによってはめられたのだ。

そしてXとは、誰よりも早くこの法則を知っていた人物に他ならない。

つまり——。

人を馬鹿にしたような薄ら笑いが、脳裏をよぎる。

御堂慎司。あの気取り屋こそ、Xだ。

修が初めて浜田と話したのは、入学したばかりの、まだ肌寒さの残る春先のことだった。当時の修は、本腰を入れて勉強をやるつもりがなかった。法連寺学園にいた頃も、転校して地元の中学に移った後もボクシング漬けの日々だったから、他の生徒たちに比べてかなりのビハインドを負っていることは自覚していた。いまさら頑張ったところでどうにもならないだろうと半ば諦めていた。

しかし浜田は、そんな修を叱った。「俺はボクシングで食べていきますから」と生意気に反論したら、浜田は、そんな心意気で食っていけるものかと言った。ジャック・ジョンソンは対戦相手だけではなく差別と戦った。モハメド・アリはリングの外で反戦を背負った。別に政治的信条を持てば偉いというわけじゃないが、リングの中だけで生きていくには、人生はあまりに長い。専一に競技だけに打ち込むことを「純粋」という人もいるが、歴史も文化も政治も知らずにいるのは、むなしいことだ。ボクサーとして強いだけではなく、人としての厚みも身につけて欲しい――浜田は、そう諭した。

率直に嬉しかった。ボクシング以外でも自分を見てくれる教師がいることを初めて知った。このことをきっかけに、修は勉強にも真面目に取り組むようになった。

修にとって浜田は、恩人である。ボクシング一色だった日々の片隅に、違う世界からの風が吹き込む、小さな窓を作ってくれた人だ。

そして何より——いまの修は、法連寺学園にいた頃とは違う。

目の前で後輩が、理不尽な暴力を受けて苦しんでいる時に、抗議の声すら上げられなかった臆病な中学生はもういないのだ。

いまの自分なら、正しいことを正しいと言えるはずだと、修は信じた。

「——女の子に屋上まで呼び出されたことは何度もあるけど、男に呼び出されたのは初めてだよ」

御堂は柵に寄りかかりながら、遠くの波打つ海を眺めていた。どこかSFめいた銀色の髪が、微かに潮の匂いのする風になぶられている。

A棟の屋上。広大な英印高校の敷地の北端にあり、一階から四階まで普通教室がほとんどで、部活や委員会で使うことが少ないから、放課後はわりあい静かな一角だ。ここなら邪魔は入らない。

修は先ほど、「ちょっとボクシング部に顔を出してくる」と嘘を言って連絡会事務室を抜け出し、演劇部の部室に向かった。そして御堂を呼び出し、この屋上に連れてきたのだ。

「悪いな、忙しいのに」

「先に忠告しておくけど、ボクの顔面は高いぜ？　傷一つでもつけたら、訴訟ものだ」

それに、と御堂は修の腕をちらりと見る。

「聞くところによると、君の右腕だって安くはないんだろう？　ボクの顔と君の右腕、この学校の看板商品二つの価値を同時に傷つけるような真似は、避けるべきだと思うけどね」

「ずいぶんな言い草だな。別に手荒なまねをしようってわけじゃない」

修はそう言いながらも、挑むような鋭い目で御堂をにらんだ。

「ただ、ちょっと確認したいことがある」

「放課後に人気のない場所に呼び出しておいて『確認』もないだろうけど……まぁ、いいさ。話せよ」

御堂はずいぶんと素直だった。表情は涼しげで、余裕すら感じさせる。

修は単刀直入に切り出した。

「御堂。お前、浜田先生を脅迫しただろう？」

「……は？」

御堂は、きょとんとした顔をした。しらばっくれているにしては、なかなか自然な演技をする。

「まあ、いい。順を追って話してやる」

先ほど麻琴と一緒に推理したことを淡々と話した。浜田が暗号を使った理由、脅迫者「X」の存在、その正体――。

「御堂。そもそもお前はどうして、『一字ずらし』の法則に気付いたんだ?」

「気付くのに理由が必要かい?」

「お前が勉強熱心な男で、復習を欠かさず、実力テストや定期考査の過去問を何度も繰り返し解いていたっていうなら、分かる。だけどお前は昨日俺たちの前で、過去問を持っていないと言った。予習も復習もしたことがないと言った。じゃあ、どうして『一字ずらしの法則』のことが分かった? あの法則は、よほど熱心にテストを見返さないと見つけられないはずだ――脅迫者本人を除いてな」

御堂は、まるで他人事のように「へぇ」と呟いた。平然とした様子で、追い詰められているという焦りや怯えは見て取れない。

「七〇点、ってとこかな」

「……?」

「運動系の脳筋にしては、まぁ、頑張った方だと思うよ。君も意外に、ロジカルなものの考え方ができるんだね」

「……それは、脅迫を認めるってことか？」

「浜田が何者かに脅迫されていたっていうことについては、同意するよ。ボクの見立ても同じだ。ただし、脅迫者はボクじゃない」

「ふざけるな」

修は御堂の方に向かってゆっくりと近づいていく。

「過去問もなしに、どうやって『一字ずらしの法則』に気付いたんだ？　いまさら、誰かに聞いたとか言うなよ」

「単純な話さ」

御堂は飄々とした調子で答える。

「実力テストと定期考査の正答の記号を覚えていたんだよ。だから気付いた、それだけだ」

「去年の分から？」

「ああ」

「……そんなでまかせが通用すると思ってるのか？」

過去問を持っていないということは、つまり、テストで一回解いただけということだろう。しかし、それ自体では何の意味も持たない【A】【B】【C】【D】の記号の羅列を、テストから数カ月後も覚えているとは、到底思えなかった。

「まぁ、そういう反応になるよね……これは説明するより、実際に見せた方が早いかな」

御堂はそう言って、ズボンのポケットに手を突っ込む。そして掲げてみせたのは、何の変哲もない文庫本だった。

「『羅生門』、昨日君に薦めた本だよ。もう読んだかい？」

「いや……」

「じゃあ、貸してあげよう。ほら」

御堂は、手に持った文庫本を修に投げてよこす。

「蔵元。そのなかから、好きなページと行を指定してくれたまえ」

「何の真似だ？」

「すぐに分かるさ」

これが脅迫者の話と、どう関係してくるのだろうか？

修は適当にページをめくりながら言った。

「一六ページの、一三行目」

「『では、己が引剝(ひはぎ)をしようと恨むまいな。己もそうしなければ、饑死(がし)をする体なのだ』」

修は目を見開いた。

「嘘だろ」

御堂のそらんじた文章は、たったいま修が指定した箇所と、完全に一致していた。

修は背後を振り返った。しかし、誰もおらず、カメラのようなものも見当たらない。給水タンクと、この屋上の唯一の出入口である鉄製の錆びた扉があるだけだ。

「仕掛けなんてないさ」

御堂は薄く笑った。

「第一、屋上に連れてきたのは君だぜ？」

「……待て、もう一度だ」

「気が済むまでどうぞ」

修は異なるページを指定した。今度は「羅生門」ではなく違う短篇だった。しかし御堂は一言一句間違えることなく、完全に暗唱してみせた。

「なんなら別の本でもいいぜ。有名どころなら、大体覚えてる」

「覚えてる、って……」

「ボクはね、記憶力がいいんだよ。能力というよりは体質かな。一度見たものは写真みたいに頭のなかに残って、必要な時に取り出せるのさ」

まさか、と思う。しかし目の前で証拠を見せられた以上、信じるしかなかった。

以前、テレビでずば抜けた記憶力を持った子供たちの特集を見たことがある。彼らは、複雑なオセロの盤面を数秒見ただけで、数日後でも完全に再現できていた。その時は、世のなかにはすごい人がいるものだと思ったものだが、まさかこんな身近にいたとは。

「これで分かっただろう？　ボクは脅迫者じゃないよ」

「……お前に過去問が必要ないことは分かった。しかし、だからといって疑いが晴れたわけじゃない。演劇部のなかで、お前が最初に『一字ずらし』の法則に気付いたっていう事実は変わらないんだ」

「蔵元」

御堂は心底呆れたと言いたげな目で見返す。

「ボクが、何のために浜田を脅迫するのさ？」

「そりゃあ、正答を手に入れるためだろ」

「正答を入手して、その次は？」

「すっとぼけるな。日本史の定期考査で楽して高得点を――」

……いや、待て。

修はここに至って、ロジックの致命的な破綻に気付く。

本を一回読んだだけで完璧に暗記できるような人間が、テストで不正を必要とするだろい、盗み見ていただけさ」

「分かっただろう？　ボクはただ、浜田から脅迫者に発信されていた暗号を、盗み見ていただけさ」

修は、身体から力が抜けていくのを感じた。

苦労して捕まえたのが、まさか、無関係の人間だったとは。

「じゃあ、『X』は……」

「知らないね。興味もない。というか、蔵元。君は脅迫者を知ったところでどうするのさ？　逆に脅迫して金でもせしめるつもりかい？」

「馬鹿言うな。そいつをふんじばって、自分が何をしたのか、校長や教頭の前で全部吐かせる」

「それで？」

「脅されてたっていう事情さえ分かれば、浜田先生の処分は撤回されるだろ」

「……ああ、そうか。なるほど、君はまだ、あの画像を見ていないのか」

御堂はようやく合点がいったというように、しかしつまらなそうに言う。

「画像？」

「脅迫のことに触れてたから、てっきりもう見てるものだと思ったよ」

「待て、何の話だ？」

「いいよ、見せてあげよう」

御堂は胸ポケットからスマホを取り出した。操作しながら、ちらりと修の方をうかがう。

「蔵元、ここでクイズだ。脅されたなら、警察に通報すればいい。単純な話だ。なぜ浜田はそうしなかったと思う？」

「警察に言うな、って釘を刺されたんだろう。もし破ったら家族や生徒に危害を加えるとか、そんなことを言われたのかもしれん」

「じゃあ、君が浜田の立場だったら、脅迫に従ったか？」

「それは……」

テストの正答を教えろという要望から考えて、脅迫者は在校生だ。冗談や、いたずらの可能性だってある。それを真に受けて言いなりになるというのは、確かに不自然に思えた。

これは、一瞬修も疑問に思ったが答えが出なかった点だ。普通なら警察に届けるか、もしくは教頭や学年主任など上長に報告するべきだ。少なくとも、教師が一人で対処する案件ではないだろう。独断で対応したら、それこそ、あとから責任問題になりかねない。

御堂はスマホの画面を修に向ける。

「これが真相さ。浜田は、教師として致命傷になるような弱みをXに握られていた。だから、指示に従わざるを得なかったのさ」

画面に映っているのは一枚の写真だった。画像データそのものではなく、壁に画鋲(がびょう)で留められた写真を接写したものに見えた。

その写真を見て、修は呆然とする。

「……嘘だろ」

「ちなみに女性の方は、うちの三年生だ」

馬鹿な連中だねと、御堂は笑う。

「土日のうちに、この写真が校内の数ヵ所の掲示板に貼られていたらしい。出勤していた教師によってすぐに回収されたけど、生徒数人に目撃されてしまった。そのなかには、わざわざ写真を撮って拡散するような不届き者もいた。それがめぐりめぐって、ボクのところにも回ってきたっていうわけさ。君のところにも、もう少ししたら回ってくるだろうよ」

写真に写っているのは、地元の繁華街だ。カメラは、腕を組みながら建物に入っていく一組の男女を捉えている。若干ピントがずれてはいるが、その顔は、知っている人が見れば十分に見分けることができた。野球帽にサングラスという下手な変装が、いまとなっては哀れみを誘う。

浜田と教え子の女子生徒が、連れ立ってホテルへと入っていく瞬間だった。

＊

おそらくXは、演劇部で「一字ずらしの法則」が出回っていることに気付いたのだろう。これ以上「一字ずらしの法則」が有名になれば、他の教師の耳にも入り、遠からず法則は使えなくなる。となれば、浜田はもう用済みだ。利用価値がないどころか、放っておいたら、教師としての権限を使って素性を探ってくる恐れがある（実際に浜田は、部活連絡会に調査を依頼していた）。

そこでXは、決定的な証拠写真を晒すことで、速やかに浜田を「処分」したのではないか――というのが、御堂の見立てだった。

「要するに、浜田の退職の真相はテストうんぬんじゃなくて、高校生との淫行だったってわけさ。公務員で、しかも教育者としては、まぁ致命的だよね」

御堂は淡々と言う。

「じゃあ、俺たちに調査を依頼したのは……」

「最後の賭け、ってところかな。脅迫者の正体さえ摑めれば、浜田はその生徒に対して、『不正に成績を上げていた』っていう弱みを握ることができる。教師の淫行ほどじゃないにしろ、それはそれで、かなり大きな弱みだ。公になったら進学にも影響するだろうし、やっていたことはれっきとした恐喝だから、刑事事件にもなりかねない。あとは……言わなくても分かるだろう？」

「……先生とXは、お互いの首根っこを摑み合った状態になる。結果、淫行の件は表には出ない」

「そういうこと」

まぁ、結局間に合わなかったわけだけどね、と御堂は付け足す。

修は空を仰ぎながら、胸のなかが空っぽになるような深いため息をついた。

驚きよりも、悲しみの方が大きかった。

落胆でも、失望でも、軽蔑でもない。ただただ悲しかった。手ひどく裏切られた気がした。修が生まれて初めて信頼を寄せた教師の本性は、欲望に身をまかせ、追い詰められたら脅迫に屈し、自分のやったことから目を背け続ける、ただの俗物だったのだろうか。

「話は以上かな？」

「ああ……悪かったな、疑ったりして」

そういえば、部活中に連れ出してきたのだ。コンクールが近いという話だったし、ずいぶんと時間をとらせてしまった。

「……まぁ、いいさ。頭の体操にはなったよ」

嫌みの一つでもあるかと思ったが、御堂はあっさりとそう言って、出入口へと向かって歩いていく。

「御堂」

呼びかけると、御堂はドアノブに手をかけたまま、振り返った。嫌みなほど整った顔に、給水タンクの影が落ちている。

「結局、お前の言った通りだったな」

――あいつに限ってやるはずないとか、こいつに限って信頼できるとか、そういう思考はナンセンスだよ――。

御堂の言葉が頭をかすめる。最初は、シニカルに過ぎていると不快に感じたが、結果を見れば正しかった。とんだ道化だと、恥ずかしいとか情けないとかいうのを通り越して、むなしくなってくる。わざわざ呼び出して糾弾した相手は実のところ無関係で、守ろうとした人こそが、本来糾弾すべき対象だったのだ。

「俺はだまされてた。浜田先生の表面的な優しさしか見えていなかったから、その奥にある本性を見抜けなかった――そうだろう？」

いまはなぐさめや励ましより、この嫌みな男の、辛辣な言葉が聞きたかった。そうでないと、だまされ続けてきた自分の情けなさが、許せそうもなかった。

しかし御堂は肩をすくめると、ほとほと呆れたような表情で言った。

「なぁ。どうして君たちは、いつもそうなんだ？」

常に余裕をまとわせ、人を見下したような物言いをする御堂にしては珍しく、苛立ちを含んだ口調だった。

「一人の人間のなかに、尊敬に値する面と軽蔑を禁じえない面を見つけた時、君たちはいつも後者を本性とみなす。それまでの善意も、優しさも、献身も、まるですべて嘘だったかのように」

御堂は怒っているようだった。この男に怒りという感情があることが、修には意外だった。何事にも本気にはならず、すべてを相対的に見て、斜に構え、薄く笑い、誰かの必死さをからかいながら生きているようなやつだとばかり思っていた。

「浜田は、スポーツ推薦で入学した生徒にも基礎から根気強く教える、誠実な教師だった。同時に、教え子に手を出したあげく、脅迫にあっさり屈する、弱くて情けない人間だった。それで十分だろう？　どちらが本性だと、順位をつける必要はないさ」

「……御堂、お前もしかして、励ましてくれてるのか？」

「いや、正直君のことは、どうでもいい」

御堂は淡々と続ける。

「ただ、ボクはね。そういう単純化が嫌いなんだよ。世のなかに善人と悪人しかいないなら、そしてその両者を明確に峻別できるのなら——君は、自分がそのどちらかに属しているか、表明することができるのかい？」

「それは……」

修は、自分は変わったのだと信じている。痩せすぎで、のろまで、いつも怯えながら他人の顔色をうかがっていた少年は、生まれ変わった。いまではプロとのスパーリングでも、怖気づくことなく向かっていける。世界ジュニアでは、アメリカやメキシコなどミドル級の本場と言われる国の選手を相手に一歩も引かなかった。打ち合いに応じ、ラフファイトにも惑わされず、正々堂々と戦ってベルトを巻いた。そうして得た自信と矜持は、今日の修を支える背骨になっている。

しかし、あるいは——あの日の蔵元修は、後輩を見捨てた蔵元修は、まだ自分のなかにいるのだろうか？

変わったのだというのは思い込みで、目を逸らし、忘れたふりをしているだけなのだろうか？

「ちなみに、先ほど部室で小耳に挟んだ話によると、今日の午後七時ぐらいに浜田が荷物を取りにくるらしい。事情が事情だから、生徒とは鉢合わせないよう、人気のない西門を使ってくるだろうね。荷物を運ぶために車を使うだろうから、話しかけるなら駐車場が狙い目だ」

「御堂、お前」

「ボクは浜田のことが嫌いだ。授業が退屈だからね。さっきの画像が広まれば、世間も彼のことを激しくバッシングするだろう。しかし君が、ボクや世間に合わせる必要があるのかい？」

御堂はそう言うと、もう振り返らず、屋上から出ていった。

修が屋上に立ち尽くしていると、風にまぎれて、懐かしい少女の声が聞こえてきた。

——一緒に法連寺を変えましょう。こんな場所にいたら、みんな駄目になります——。

強く訴えかける声だ。曖昧なところがなく、明確な意志のこもった声だった。

この声が聞こえてくるということは、まだ弱い証拠だ。未熟だから、あんな男の禅問答めいた問いかけに揺らいで、昔のことを思い出してしまうのだ。

俺は、強くあらねばならない。もう二度と、臆病風に吹かれて逃げ出さないように。どんな理不尽にも立ち向かっていけるように。助けを求めるひとの手を、迷わず握り返せるように。

修は血の滲むほどに、拳(こぶし)を強く握りしめた。

ゴースト　イン　ザ　ロッカールーム

子供の頃、放課後に一人通学路を歩いていて、ふとあたりを見渡すと自分以外に誰もいないという時があった。

根岸のいた小学校では、そういった状況のことを「異次元に迷い込む」と言った。幽霊や妖怪の出る前兆だとして、子供たちからとても恐れられていた。他ならぬ根岸も、何度か異次元に迷い込んでしまったことがあって、そういう時は泣き出したくなるような不安をぐっと抑えながら、家への道のりを足早に歩いたことを覚えている。

もっとも高校生になったいま振り返ってみると、荒唐無稽な話である。もともと人口の多い町ではないし、見渡す限り人っ子一人いないなんていうのは、別に珍しいことでもなんでもない。確率的に十分にあり得る話だ。小学生の野放図な想像力と、海に沈んでいく夕陽の、見ているだけで不安になるような鮮烈な橙色が、「異次元」なんていう漫画やゲームで覚えたばかりの言葉を思い起こさせたのだろう。それにしても……。

根岸は廊下を歩きながら、首だけを動かして、周囲を見渡した。

——なんだか、気味悪いな。

まだ午後の四時過ぎだ。なのに、先ほどから誰ともすれ違っていないし、足音すら聞こえない。ただ自分の歩く音だけが、カツン、カツンと校舎に響く。長い廊下に並ぶ教室はどこもすでに明かりが消えていて、まるで世界から自分一人が取り残されてしまったような感覚になった。これは、部活動の盛んな英印高校では珍しいことだ。普段は野球部の掛け声や放送部の発声練習、吹奏楽部の演奏などがうるさいくらいに響き渡っているのに。一瞬、耳がおかしくなってしまったのではないかと疑ったが、先ほどから自分の足音はちゃんと聞こえている。

根岸はふと、一週間前の部活動中に起こってしまった不幸な事故のことを思い出した。

正確に言うと——その事故にまつわる、怪談じみた噂を思い出したのだ。

曰く、あの事故で亡くなったとされる水城舞が、日が沈む頃、校内をさまよっているという。

根岸は、幽霊というものを信じない。

　しかし、あの事故があって以来、陸上部全体に薄暗い靄のようなものがかかっているという気は確かにしていた。特に、事故があった時に水城と一緒に走っていた中距離走の先輩たちは、みな何かに怯えるような表情をしていて、最近は学校も休みがちだった。

　もちろん、あんな事故があった以上、部活の雰囲気が暗くなるのは当然だろう。しかし根岸が感じているのは、ただのムードの話ではない。

　なんというか……部活の先輩や顧問の教師たちが、必死に何かを隠しているような気がするのだ。一年生の根岸には分からない暗黙のルールがあって、みなそれに怯えながら従っているような、奇妙な雰囲気がある。

　そんなことを思っていた時。

　――ガン。

　廊下の奥から、金属同士のぶつかるような鈍い音が聞こえてきた。

　集中していないと聞き逃してしまいそうな、小さな音だ。だけど気のせいではない。その証拠に、その音は、約一秒おきにガン、ガン、ガンと連続して鳴っている。

　知らず、根岸は早足になる。廊下を進むにつれ、その音はいっそうはっきりと聞こえてくるようになった。どうやら金属音は、この突き当たり……すなわち、女子陸上部の部室のなかから響いてきているらしい。

ラップ音。そんな古典的な怪談話が頭をよぎる。

小走りに通り過ぎてしまおうとして、ふいに根岸は、この嫌な感じを家に持ち帰りたくないなと思った。

たとえば今日家に帰ってから、トイレやお風呂に入っている時に、この変な音のことを思いだしたら……きっと、何度も後ろを振り返ったり、天井を見上げたりしてしまうだろう。夜中に変な夢を見てうなされるかもしれない。

どうせ怖い思いをするんだったら、今すっきりさせておいた方がいいのではないか？

そんなふうに考えると、不思議と勇気が湧いてきた。

あんな事件があったから、ナイーブになっているだけだ。音だけ聞くから色々と想像が膨らんでしまうだけで、実際に見てみれば、開きっぱなしの扉が風にあおられているとか、窓に木の枝がぶつかっているとかに決まっている。

根岸はそう自分に言い聞かせると、少し錆びた真鍮（しんちゅう）の取っ手を握りしめ、女子陸上部の部室のドアを勢いよく開けた。

＊

野獣。筋肉ゴリラ。殺し屋。北陸の狂犬。人間ダンプカー。

ボクシングで名前が売れてくると、他校の生徒から好き勝手に色々なあだ名をつけられる。なかには罵詈雑言としか思えないようなものもあったが、それはお互い様なので目くじらを立てたりはしない。

ちなみに、つけられたあだ名のなかで修がわりと気に入っているものに「ターミネーター」というのがある。決められた作戦を粛々と遂行する機械のような正確さと、息の根を止めるまで追い続ける執念、決して倒れない鋼のようなフィジカル――それは、修が目指してきたファイトスタイルそのものでもあった。

そしていま――修はスパーリングとはいえ二週間ぶりにリングに上がり、久々に「ターミネーター」と化していた。

「あぐっ」

えぐるように右のボディを入れると、スパーリング相手――一年生の芝崎の身体が、ひらがなの「く」の字に折れ曲がった。

おあつらえむきに差し出されたあごに、修はすかさず右のアッパーを見舞う。踏ん張った下半身から生み出された力は、ひねりを加えた腰や背筋を通して、ほとんど逃げることなく芝崎のあごを打ち抜いた。その手ごたえは、「殴る」というより、子供の頃にやっただるま落としの感覚に近い。

「すまん、やりすぎた。大丈夫か？」

リングに膝をついた芝崎に、修はあわてて手を差し伸べた。インターハイ前の調整期に、ダメージを残してしまっては元も子もない。

「いえ、休み中の先輩に無理言って付き合ってもらってるのは、俺の方っすから」

芝崎はばつが悪そうに言う。見たところ大丈夫そうだったが、念のためすぐには立ち上がらせず、しばらくその場で休ませることにした。

「インハイ前はやっぱり、体重の合う人とやりたいんで」

「まぁ、うちは中量級以上が少ないからな……」

ミドル級、ウェルター級といった中量級は、世界的に見ればもっとも層が厚いと言われている階級だ。しかし日本では、そもそもボクシング自体がそこまでメジャーではなく、有力な選手はバンタム級やフライ級など軽量級に集中している。中量級以上の、しかも高校生ともなると、スパーリング相手を探すだけでも苦労するというのが現実だ。たとえ階級が違ったとしても、上の階級の者がパンチ力を加減することでスパーリング自体はできるが、どうしても臨場感には欠けてしまう。

「でも、先輩のパンチ力、まじでえぐいっすね。鉄パイプでぶん殴られたかと思いましたよ」

「大げさだな」

「いやいや、ほんとに。もう復帰してもいいんじゃないっすか？」

「……そうだな」

肘の痛みはほとんどなくなってきたものの、医者からは、念のためまだ休めときつく言われている。

しかし、これ以上リングから離れていると、試合の勘を失いそうで怖かった。そこで後輩の指導にかこつけて、リングに上がったのだ。

「それにしても先輩、ボディの打ち方、けっこう独特ですよね」

「そうか？」

「ええ、腕を折りたたむ感じで。もしかして名門法連寺秘伝の――」

そこまで言って、芝崎は明らかに「しまった」という表情を浮かべた。そして、見ているこちらが申し訳なくなるくらいに恐縮して言う。

「す、すみません……」

「いや、別に良い。俺が中二まで法連寺学園にいたっていうのは、事実なんだ」

隠すつもりはないし、修は法連寺にいた頃からそこそこ名前が売れていたから、いまさら経歴を隠したところで無駄だろうと思っている。もっとも、いまの芝崎との会話のように気まずくなるだけならまだ良い方で、修が法連寺学園のボクシング部出身だと知るやいなや、態度が急変して軽蔑の言葉を投げかけてくるような人も決して珍しくない。そういった反応を、修はむしろ当然のことと受け止めている。

その時、ふと思う。法連寺学園時代のチームメイトは、いまどうしているのだろう？　修と同じように、冷たい視線を浴びることも覚悟のうえ、どこかの部活やジムでボクシングを続けているのだろうか？　それとも、ボクシングとは縁を切って、新しい日々を送っているのだろうか？

芝崎は、慌てたように話題を変えた。

「そういえば先輩、部活連絡会に入ったんですよね？」

「まぁ、なんというか、成り行きでな」

「この前の演劇部の部長とのバトル、見ましたよ」

「バトルって……」

二週間前、修は演劇部の部長である御堂慎司と、放課後の廊下で言い争いになった。向こうの挑発に乗ってしまったという形だが、いま思い返してみると、別にそこまで熱くなる必要はなかったような気がする。言い合いがヒートアップしたのは運動系を馬鹿にされたことがきっかけだったが、では修のなかに、絵画や文芸をスポーツより一段低く見る気持ちがまったくなかったかと言えば、そうも言いきれない。

「俺もあの人のこと、あんまり好きじゃなかったんですよ。たまに廊下で見かけますけど、なんか気取った感じで。先輩が言ってくれて、スカッとしました」

「……あいつも別に、悪気のあるやつじゃないと思うぞ」

どうして御堂の肩を持つようなことを言ってしまったのか、自分でも分からない。ただ二週間前、A棟の屋上で御堂と話した時、こいつはただの優男ではないという気がした。うまく言えないが、あの芝居がかった物言いはあくまで外面（そとづら）であって、内側には通すべき一本の筋を持っているように思えたのだ。

「いえ、俺には分かります。ろくなやつじゃないですよ」

「なんだ、ずいぶん目の敵（かたき）にしてるな」

「アイツ、ああ見えてマニアックな趣味のスケベ野郎なんです」

「は？」

確かに廊下ですれ違う時、複数の女子生徒と一緒にいることが多いが、はべらせているというより、女子の方がまとわりついているように見えた。

「誹謗（ひぼう）中傷は良くないぞ」

「いや、事実ですって。マジで」

芝崎はやけに自信を持って言う。

「俺の兄貴が駅前の古本屋で店長やってるんで、俺もそこでたまにバイトさせてもらってるんですよ。そうしたら二カ月ぐらい前に、あの人が来て。エロそうな表紙の週刊誌を買っていきました。しかも、まったく同じやつを三冊も！」

「……お前な、そういうことは言うな」

たとえバイトであっても、客の情報を漏らすのは感心しない。

「いや、でも冷静に考えて、ヤバくないっすか？　週刊誌は他にもたくさん売ってるのに、同じのを三冊って。普通じゃないっすよ。しかも連絡先を渡していって、『また同じのが入荷したら、電話くれ』って。三冊も買ったのに！　さすがにマニアックすぎでしょ」

「ふむ……」

確かに、奇妙な感じがした。

世のなかには、週刊誌のコレクターというのもいるかもしれない。しかし御堂のイメージとは合致しなかった。御堂は、なんというか、モノに執着するタイプではないという気がしたのだ。もっとも、まだ数度しか話していない相手なので、何とも言えないが……。

「ちなみに、その週刊誌ってどんなやつなんだ？」

「『サードアイ』っていう週刊誌です。けっこう昔のやつだったなぁ……二〇一二年とか、二〇一三年とかの。赤い水着を着たアイドルが表紙でした。売ったあとに他の号を読んでみたんですけど、半分ピンク情報で、半分ゴシップって感じですね」

「ピンク情報と、ゴシップね……」

御堂がそういうものに興味を持つというのが、何となく意外だった。確かに皮肉屋だが、以前話した限りだと、噂話やスキャンダルというものに対して、どちらかというとシニカルな目を向けていたという印象がある。

「あれ、先輩もしかして、興味ありますか？」

芝崎に訊ねられて、修は「いや、聞いただけだ」と誤魔化した。

＊

「昔仲の良かった連中がいまどうしてるかって、たまに気になることないか？」

教室から出て連絡会事務室に向かう道すがら。

そんなことを訊ねると、麻琴は「うん、あるよ」と頷いた。

「私はよくＳＮＳを見るかな。自分ではほとんど書き込まないんだけどね」

「ＳＮＳか……」

法連寺ではＳＮＳどころか、スマホの所持自体が禁止されていた。だから、メールアドレスは分からないし、いまや散り散りになった元チームメイトの名前を検索しても、それらしいプロフィールはなかった。ボクシング部のホームページに何か手掛かりがあるかもと思って定期的にアクセスはしているが、更新は一切なかった。もっとも、あんな事件があって廃部になったわけだから、他の部活のように同窓会のお知らせがアップされるはずもない。

「元法連寺の人たちと連絡とる方法だよね……何かあるかなぁ……」

「……お前、ほんとナチュラルに人の心を読むよな」

「だって修、分かりやすいんだもの」

麻琴は目尻を下げて、穏やかに言った。

「昔のチームメイトのこと、気になるんだね」

「……まぁな」

「修は法連寺をやめたこと、後悔してるの？」

「……」

「ちなみに私は、修が戻ってきてくれて安心した。ネットで調べたら、法連寺学園って良くない噂もたくさんあったし……お盆やお正月に帰省するたび、身体が傷だらけになって……正直、見ていられなかった。手紙の返事も、私を心配させないように嘘ついてるのが見え見えだったし。こんなこと言ったらいけないのかもしれないけど、あの事件が起こる前に学校をやめて本当に——」

「——麻琴！」

思わず、鋭い声が出る。

驚いたような表情の麻琴に、修は「……すまん」と頭を下げた。

「あの頃のことは、あんまり思い出したくないんだ」

「ううん……私こそ、デリカシーなかったね。ごめん」

何となく暗い雰囲気になってしまったので、修は話題を変えることにした。

「それより、芸術系の代表は、決まりそうか？　俺の方でも、引き受けてくれそうなやつを何人か当たってみようと思うんだが」

「あ、その話なんだけど——」

麻琴が何か言いかけた時、修はちょうど連絡会事務室のドアを開けていた。

「——おい」

すると、いつも修が座っている椅子に、見覚えのある男が偉そうな態度でふんぞりかえっているのが見えた。

「相も変わらず、無駄に声の大きな男だね。そのチンピラじみた呼びかけにも、品がない」

その男は、口元だけをわずかに吊り上げて、薄く笑ってみせた。

御堂慎司。

脚本から役者、演出、音響までをマルチにこなす、演劇部創立以来の天才——らしい。

らしい、というのは、修は御堂の書いた脚本を読んだことも、舞台に立っている様子を観たこともないからだ。もともと修は、趣味といえばスポーツ関連ばかりで、そっちの方面にはあまり明るくない。とはいえ周囲からの評判を聞く限り、中学時代からいくつものコンクールで入賞を果たしてきた不世出の才人であることは、確からしかった。

＊

「で……なんでお前がいるんだ？　部屋を間違えたっていう様子でもないが」

「なんだ、まだ麻琴から聞いてないのか」

御堂は一人で納得したように頷く。

「修、ちょっと聞いて——」

「白瀬、この馬鹿は俺に任せろ」

麻琴は会話に加わるタイミングをうかがっている様子だったが、それを制して修は続ける。

「お前、白瀬とは二週間前に会ったばかりだろ？　いきなり名前で呼び捨てっていうのは、それこそ『品がない』んじゃないか？」

「君だって『白瀬』だろう」

御堂はすかさず言い返す。

「ボクはダメで、君は良いっていう法はないだろう」

「俺は一〇年来の付き合いだ」

「気持ち悪い男だな。そんなに彼女が他の男と親しくなるのが嫌なのか？」

「俺は礼儀の話をしている」

「ほう！　君のようなドチンピラが礼儀を語るとは！　ぜひともご高説賜(たまわ)りたいね」

「……白瀬、少しだけ待ってくれ。いまこいつをつまみだす」

すると麻琴は慌てたように首を横に振った。

「ダメだよ、そんなことしたら。今日から一緒に活動する、仲間なんだから」

「……は？」

喉から、素(す)っ頓狂(とんきょう)な声が出る。

麻琴がいま言った言葉を、頭のなかで反芻した。他に解釈の余地のない、シンプルな話だ。

御堂を部活連絡会のメンバーに加える、ただそれだけの……。

「……白瀬、ちょっとこっち来てくれ」

修は麻琴を手招きした。

一緒に廊下に出て、扉を閉めてから、嘆くように話しかける。

「なぁ……どうして御堂なんだ？　芸術系の部活からも代表を出さにゃならんことは知ってるが、他にもいるだろう？　映画研究会の佐久間とか、軽音部の荒木とか、優秀で人当たりもいいやつが」

英印高校には、芸術系だけでも大小合わせて二〇以上の部活がある。それらの代表を務めるのだから、ある程度のリーダーシップは必要だ。そして御堂には確かに——個人的な好き嫌いは別にして——リーダーシップというか、人をひきつけるものは備わっているかもしれない。

しかし修には、あの男が組織間の折衝に向いているとは、どうしても思えなかった。

「白瀬、考え直せ。言いにくいんだったら、俺から言ってやるから」

「ふふ、そう言うと思った」

麻琴は、どういうわけか笑みをこぼした。そして見透かしたような目で、修に言う。

「ねぇ、修。いまの英印高校の一番大きな問題って、何だと思う？」

いきなり質問されて、修は面食らった。

「問題……？」

「深く考えなくていいから」

そう言われても、とっさには思いつかない。聞くところによると、有名大学への進学実績は右肩上がりらしい。スポーツでも、去年は一〇以上の部活が全国大会に出場した。学校経営という観点からは、順調そのものだろう。

すると……。

「生徒の立場からでいいんだろ？」

「うん、もちろん」

「じゃあ、部活同士の対立が多い、ってところか」

放っておいてもみなが仲良くするのであれば、国連も裁判所もいらない。当事者同士では解決できない争いが頻発するからこそ、この部活連絡会のように、独立した第三者機関が必要なのだ。

「さすが修、よく見てるね。私もそう思う」

麻琴は頷いた。

「じゃあ、なおさら、あんなやつを代表にしたらダメだろ。どう見たって、事務処理能力も調整能力もゼロだ」

「事務仕事や調整は、私がフォローするから大丈夫」

それより、と麻琴は語気を強める。

「私はね、いまのこの状況の原因は〝壁〟にあると思うの」

「壁？」

「うん。うちの高校って、一つのことを突き詰めていくタイプの人が多いじゃない？　野球部は甲子園優勝を目指して、芸術系だったら全国コンクールで金賞、勉強が得意なら東京の有名大学現役合格、っていうふうに」

「まぁ、そもそも、そういう生徒の集め方をしてるからな」

修も英印高校の監督から推薦の打診を受けた時、「うちに来ればもっと良い環境でボクシングに専念できるよ」と言われたのを覚えている。

「もちろん、一つのことに打ち込むのはいいことだと思う。でも、みんな自分のやりたいことばっかりに夢中になって、その他のことは見えなくなってる気がするの」

麻琴の言っていることは、修も何となく分かる。

修はボクシング一筋だが、他の部活が何をやっているのかなど、いままで興味を持ったこともなかった。

「それが〝壁〟か」

「うん」

「分からんでもないが……俺が運動系の代表で、御堂が芸術系の代表になったら、余計に揉めるぞ」

「私はね、極論だけど、揉めてもいいと思う」

麻琴はあっさりと言った。平和主義者の彼女にしては珍しい発言だ。

「この前、修と慎司くんが廊下で言い争いになった時、色々な部活の人たちが集まってきて、野次を飛ばし合ってたでしょ？」

「ああ、芸術系と運動系の代理戦争みたいな雰囲気だったな……」

言い訳するつもりはないが、あの時は若干、場の空気に乗せられてしまった気もする。

「ああいうふうになったっていうことは、普段、お互いに本音で話せてないっていうことだと思うの。もちろん、この前みたいに最初から喧嘩腰の態度は良くないけど……内側にため込んでるばかりじゃ対話にならないし、対話しないと分かり合えない。いま英印高校の部活に必要なのは、調整でも仲裁でもなくて、みんなが本音で話し合うことなんじゃないかな？」

麻琴の言わんとしていることが、修にもようやく分かってきた。

「とはいっても、いきなり心理的な〝壁〟を取っ払うのは難しい。だからまずは、S特待生の二人が、率先して手本を見せろと――お前が言いたいのは、そういうことか」

「うん。もちろん、うまくいくかどうかは、やってみないと分からないけどね。やる価値はあると思うの」

麻琴は頷く。

成功するかはどうかは別として、その考えには純粋に感心した。

もちろん、修も根っからの体育会系だから、組織やチームというものを考える機会はまあった。しかしそれはもっぱら、「規律」や「効率」という視点からだった。どうすれば人はサボらないのか、雑務をどう役割分担するべきか、どうすればもっと強くなれるのか……そういったことばかりを考えてきた。

だから、校内の部活動全体を見渡して、あるべき姿を考えることのできる麻琴が、ずいぶんと大人びて見えた。

「でも、修がどうしても嫌なら、考え直すけど……」

麻琴は不安そうに、修の表情をうかがう。

「いや、分かった」

あの気取った男と、週に三回も顔を合わせるのだと思うと気が滅入る。しかし、同い年の麻琴がここまで熱心に学校のことを考えているのだ。この期に及んで「あいつと一緒にやるのはヤダ」と個人的な好き嫌いで駄々をこねるのは、さすがに情けない気がした。

「どんなふうになるのかまるで想像できんが……とりあえず、三人でやってくか」

修がそう言うと、麻琴はとても嬉しそうに笑みをこぼした。

＊

事務室に戻ると、案の定、御堂はにやにやとしながら修を見た。

「で、ボクは君のお眼鏡にかなったのかな？」

「まぁ、試用期間みたいなもんだ。せいぜい働け」

「恐れ入るね」

実際のところ、部活連絡会役員のキャリアということで考えたらほとんど差はないので、

修も似たようなものなのだが。

「で、麻琴。今日の議題は何かあるのかい？」

「うん、さっそくなんだけど――最近、一年生の間で変な噂が流行ってるの知ってる？」

「噂？」

修はふと、先日、クラスの女子たちが悲鳴を上げながら話していたことを思い返してみた。

「もしかして、あれか……女子陸上部の部室に幽霊が出るとかいう」

「そういえば演劇部でも、そんなこと話してる後輩がいたね」

「良かった、二人とも聞いたことあるんだ。それなら、説明は簡単でいいかな」

麻琴はそう言って頷くと、「幽霊騒動」の概要について話してくれた。

発端は一週間前——陸上部の活動中に起こった、不幸な事故だという。

部員たちがランニングしている時に、一人の女子生徒が堤防からテトラポッドの上に転落してしまった。一緒に走っていた部員がすぐに救急車を呼んで病院に運ばれたが、頸椎（けいつい）を折る大怪我だったという。

「ここまでが、一般の生徒にも公開されてる情報。だけど、この話には続きがあってね——」

調子が出てきたのか、何やら怪談師めいた口調で麻琴は続ける。

一年生の間でまことしやかに囁（ささや）かれている噂によると、女子生徒はすでに亡くなっていて、その幽霊が陸上部の部室に出るのだという。

「しかしまぁ、高校生にもなって〝幽霊〟はないだろ。イタズラじゃないのか？」

「おやおや、これだからエセ合理主義者は」

御堂は、あからさまに軽蔑するような視線を修に向けた。

「君は、あれか。幽霊なんていう非科学的なものは、はなから議論の対象にはならないと、そう言いたいわけか？」

「当たり前だろう」

修は言った。それは常識ある人として当然の態度だろう。

「それとも、なんだ。まさかお前、幽霊を信じるつもりか？」

「存在するかどうかは、重要じゃないさ。たとえ存在しなかったとしても、誰かが何かを幽霊と見間違えたという事実は残る。それだけでも検証の価値は十分にあると、ボクは思うけどね」

「またお前は、そうやって詭弁を……」

「それがね、たかが噂話って片づけられる状況でもないの」

麻琴は困ったような表情で言う。

「目撃者は、今週に入ってもう三人。ショックを受けて、不登校になったコも出てるみたい」

「幽霊で不登校って……」

　修は驚いた。ただの与太話だと思っていたが、事態は思った以上に深刻らしい。

「生物学研究会の後輩に、陸上部と兼部しているコがいるんだけど。彼女も、幽霊を見たっていうの。すごく真面目で、嘘なんてつくコじゃないと思う。電話で話した時は声が震えてて、本当に参ってる様子だった。不登校にはなっていないんだけど、かなりショックを受けてるみたいで……これからちょっと話を聞いてこようと思うの」

「そういうことなら、俺も行くか」

　修は立ち上がった。たかが噂話に過敏に反応し過ぎている気もするが、実害が出ているとなると、さすがに話は変わってくる。

「慎司くんはどうする？」

「もちろん行くさ。幽霊騒動なんて、そうそうお目にかかれるものじゃないしね。コンクール前の気分転換にはもってこいだ」

　御堂は気楽なことを言う。

　ともあれ、ようやく三人の意見は一致して、英印高校部活連絡会のフルメンバーがそろって初めての案件は、「幽霊騒動」の調査となった。

*

生物室で待っていたのは、日に焼けたショートカットの少女だった。いかにも快活そうだが、そわそわしていてどこか落ち着かない様子が、見た目の印象を覆（くつがえ）している。大きな黒目には、微かな怯えの色があった。

「先輩！」

彼女は麻琴の姿を認めると、駆け寄ってきた。

「根岸さん、もう大丈夫だから」

「昨日はいきなり電話してごめんなさい……でも、他に頼れる人がいなくて」

声が震えていた。よほど怖い思いをしたらしい。

「気にしないで。こういう時は、お互い様だから」

麻琴はやさしく目を細めながら、修と御堂にちらりと視線をやった。

「こっちの二人は、連絡会の新しいメンバー」

「あっ……どうも、こんにちは」

彼女は「根岸理沙（りさ）です」と言ってぺこりと頭を下げた。修と御堂も、簡単に自己紹介する。

すると根岸は、はっとしたような表情で、修と御堂をまじまじと観察した。

「御堂さんと蔵元さんって——あのS特待生の？」

「まぁ……そうなるな」

修はあごのあたりを触りながら頷いた。初対面の相手に、肩書と名前だけ知られているというのは、何となくすわりの悪い感じがする。

「聞くところによると、君、幽霊を見たんだって？」

一方の御堂は、挨拶もそこそこに身を乗り出して、興味津々といった様子で訊ねた。

しかし根岸はうつむいてしまう。

「……信じてもらえないかもしれませんけど」

「そんなこと言わないで。私は、信じるよ」

そう言い切ったのは、麻琴だった。

「もちろん、結果的に、何かの見間違いだったっていう可能性はあるかもしれないけど——少なくとも根岸さんの目には、幽霊に見えたんだよね？　そのこと自体を疑ったりはしないよ」

「先輩……」

根岸は、麻琴の言葉に勇気づけられたらしい。意を決したように立ち上がると、足元に置いていたリュックサックから新聞を一部取り出した。

「まずは、これを見てください。一週間前の朝刊です」

そう言って彼女が机の上に広げたのは、社会面だった。山間地帯を中心とした過疎化の進行、一向に止まらない人口流出、団地の孤独死、離婚をめぐる刃傷沙汰（にんじょうざた）、生活苦を理由にした老人によるひったくり事件……ざっと眺めるだけで気分の重たくなるような記事が並んでいる。

「なんというか、暗いな」

「そりゃあそうさ」

御堂は笑みを浮かべる。

「これといった観光資源も産業もない北陸の田舎に、そうそう明るい話題が転がってるはずないだろう？　色々と手は打ってるみたいだけど、しょせん、ひなびた漁村のなれの果てさ」

「お前、言いたい放題だな……」

しかし実際、その通りかもしれない。修の父は地元の企業に勤めていて、たまに家で吐き出す愚痴のなかで、この地方都市の行き詰まった現状は何となく感じ取れた。

「これを見てください」

根岸が指さしたのは、ややもすると見逃してしまいそうな、たった六行でまとめられた小さな記事だった。

県内在住の水城舞さん（16）が、所属する高校の陸上部の練習中、消波ブロックの上に転落して全身を打撲する大怪我を負った。病院に緊急搬送されたが、意識不明の重体となっている。水城舞さんは、ソウルオリンピックの女子一〇〇メートル走で八位に入賞した故・水城令さんの娘で、八月に行われるインターハイへの出場が内定していた。事故当日、市内は朝から激しい風雨に見舞われており、舞さんは風にあおられて転落したものとみられている。

事故の内容は、先ほど麻琴から聞いたものとほとんど同じだった。しかし彼女が、オリンピック選手の娘だったというのは初耳だった。

「素朴な質問なんだが……幽霊っていうのは普通、死んだ人間がなるものだろ？　この記事には『意識不明の重体』って書いてあるが、このあとに亡くなったっていうことか？」

「はっきりしたことは、私も聞いていないんです。顧問の先生も、詳しいことは話してくれなくて……ただ、そうなんじゃないかっていう噂は流れてます」

根岸は新聞記事を目で追いながら、「ちなみに」と付け足した。

「事故があったのは、学校から海沿いの県道を二キロぐらい走ったところです」

「二キロっていうと……潰れたホテルのあるあたりか」

海沿いの県道は修にとって通学路なので、何となく見当はついた。二週間ほど前、麻琴と一緒に座り込んで缶ジュースを飲んでいたあたりだ。

「はい、そのすぐ近くだって聞きました」

「なるほどな……ちなみに根岸さんは、水城さんとは仲が良かったのか？」

聞きにくいことだが、ここは確認しておこうと思った。

「正直言うと、そこまで——って感じです。陸上部は一年生だけで三〇人いますし、私は高跳びでミズキは短距離でしたから。種目が違うと練習メニューも別なので、部室で顔を合わせたら話す……っていうぐらいですね」

根岸は言う。顔見知り程度、ということだろう。

「水城さん、良い選手なんだな」

修はふたたび新聞記事に視線を落とした。

一年生にしてインターハイ出場権を獲得したとなれば、中学時代から相当の練習を積んできたに違いない。幽霊を信じる気にはなれないが、志（こころざし）半ばで道が閉ざされたその無念は、分かるような気がした。

「しかし、風にあおられて転落、ねぇ……」

御堂は記事を読みながら、怪訝そうな表情で根岸に話しかけた。

「このルートは、よく走ってたの？」

「はい。短距離のメンバーは毎日、ウォーミングアップで走っていたと思います」

「彼女が周囲から恨まれてたとか、誰かと揉めてたとか、そういう噂を聞いたことは？」

「おい」

さすがに不躾だろうと思い、御堂を咎める。しかし根岸は気にした様子もなく、「いえ、良いコでしたよ。謙虚で」と答えた。

「ただ……やっかみを受けることは、あったかもしれないですね」

「やっかみ？」

「はい。ミズキの家って、亡くなったお母さんだけじゃなくて、お父さんもけっこう有名なんです。スポーツウェアをつくってる会社の経営者で……要するにお金持ちなんです」

根岸があげた会社名は、修でもよく知っているスポーツ用品のメーカーだった。どちらかというと高級志向のブランドで、高校生が使っているところはあまり見たことがない。

「それで部活のない日も、東京から有名なトレーナーの人を呼んで個別に練習してたみたいで。あと毎週のように、お父さんの会社の新しいウェアやシューズ、サングラスを持ってきました。それを快く思ってない先輩も、いたかもしれません」

「言いがかりにしか聞こえないけどな……」

家からのサポートが手厚く、オリンピック選手を親に持っているとなれば、うらやましくなる気持ちも分からないでもない。しかし、そこに不平を言うようになってしまったら、アスリートとしておしまいだろう。

選手は、環境や年齢ではなく実力で評価されるべきだ。肝心なのは、水城舞が優れたスプリンターだという、その一点のはずだ。

横で話を聞いていた御堂が、「なるほどね」と小さく笑った。

「ありそうな話じゃないか。勝負の世界と言えば聞こえは良いけど、結果を受け入れられず環境や才能のせいにするやつなんて、ごまんといる」

「……私がミズキの幽霊を見たのは、一昨日の水曜日。確か——午後の四時頃だったと思います」

根岸は、その時のことを詳しく説明してくれた。

陸上部の部室から、ガン、ガン、ガンと、金属のぶつかるような奇妙な音が聞こえてきたこと。

誰もいないはずなのにおかしいと思って、なかをのぞいてみたこと。

水城舞が使っていたロッカーの前に、青白い顔をした彼女が立っていたこと。

想像してみると、それはまるでホラー映画の一場面のようだった。荒唐無稽なようで、それが逆に、作り話には思えない真実味を感じさせる。

「もちろん先生には相談したんですけど、知り合いが事故に遭ったばかりで精神が不安定になっているから、幻覚を見たんだろうって……私以外にも目撃者はいるっていうことを伝えても、『そうやって騒ぎ立てるから伝染するんだ』って、取り合ってくれなかったんです」

その教師の言っていることは分かる。事実、そうなのかもしれない。しかし、チームメイトが事故に遭ってショックを受けている生徒相手に、そんな言い方はないだろう。

「私、ロッカーでじっと私のことをにらみつけていたミズキの顔が、どうしても忘れられなくて……部員もみんな、動揺してます。特に、事故があった時にミズキと一緒に走ってた先輩たちは、この話を聞いただけでパニック状態になっちゃって……登校拒否の人も出ているみたいです」

「そんな状況で学校側は何もしないのか」

修は憤（いきどお）りを覚えた。それはもうれっきとした怠慢だろう。

「たぶん、先生たちは学校の評判を気にして、あんまり大事にしたくないんだと思います」

「ひどい話だな」

修は眉をひそめた。

「……変な話を持ってきて、ごめんなさい」

根岸は申し訳なさそうに身体を縮こまらせた。

「ううん、気にしないで。こういう時のための部活連絡会だから」

麻琴が、ちらりとこちらを見る。このまま進めていいか、という念のための確認だろう。

修は迷うことなく頷いた。御堂の方は、芝居がかった仕草で肩をすくめる。「仕方ないね」との意思表示だろう。素直に首を縦に振ればいいのに、相変わらずひねくれたやつだ。

「あとは、私たちに任せて」

麻琴が力強く頷いた。

＊

まずは現場を見てみようということで、修たちは女子陸上部の部室へと向かった。根岸によると、今日は休養日で、部室には誰もいないはずだという。

「……うん。誰もいないみたいですね」

根岸がぽつりと呟く。すりガラスの向こう側は暗く、物音もしない。表情がこわばっているのは、つい二日前に幽霊を目撃した場所だからだろう。

根岸は小さく息を吸うと、職員室から借りてきた鍵を差し込んでドアを開けた。

本来であれば男子禁制の場所だが、御堂はいっさい気にしないようで、平気な顔でなかに入っていく。さすがに修は躊躇（ちゅうちょ）したが、先になかに入った麻琴から「大丈夫、誰もいないよ」と言われて、あとに続いた。

そこはよく整理されたロッカールームだった。ふだん見慣れているボクシング部の部室は、もっと汚く、雑多だ。一〇〇巻を超える有名ボクシング漫画や総合格闘技のＤＶＤ、ダンベルやプロテインシェーカーが棚に入りきらず部屋にあふれている。しかし陸上部の部室には、一見して無駄なものがない。壁にはグラビアアイドルのポスターではなく、額縁に入れられた賞状が飾られている。汗の匂いよりも、制汗スプレーのつんとした匂いの方が強いのが印象的だ。

ふいに顔を上げると、窓枠の上に大きな集合写真が飾られていることに気付いた。

「ミズキは、一番後ろの列の、右から二番目です」

修の視線に気付いたようで、根岸が教えてくれる。

一〇〇人以上の大所帯だから、一人一人の顔が鮮明に写っているわけではない。しかし、水城舞のいかにも陸上向きの長い手足と意志の強そうな瞳は、大勢の部員たちのなかでも目立って見えた。

「根岸さん、幽霊はどこにいたのか覚えてる？」

「えっと……この列の、一番奥です」

修たちは、そのロッカーの前まで歩いていった。

「暗かったと思うけど、よく場所まで覚えてたな」

「これ、ミズキのロッカーなんです。事故に遭った時も、たぶんここに着替えを入れていたと思います」

「……なるほど」

修は頷きながら、ロッカーを観察した。

幽霊が出たからといって、扉に血の手形がついているとか、お札がびっしり貼られているとか、恨み言が刻まれているとか、そんなことは一切なかった。何の変哲もない、よくあるスチール製のロッカーだ。

しかし、注意して見てみると、

「……このロッカー、開いてないか？」

「え？」

麻琴が首をひねる。

「扉、半開きになってるぞ」

「本当だ……」

しかし女子生徒のロッカーだ。勝手に開けることは憚られるので、どうしようかと思っていると、隣にいた麻琴が「ごめんなさい」と呟いてレバーを引いた。

目に入ってきたのは、白いブラウス、タオル、スカート、それにローファー。どれも綺麗に折りたたまれている。タオルは数枚重ねてあるが、ほとんど使われていない新品同様のものだ。シューズやウェアも、有名ブランドのものが複数ストックされている。根岸の言っていた通り、家からのサポートは厚かったらしい。

二週間前、水城舞はここで制服からユニフォームに着替えたのだ――そんな当たり前のことを思う。そして、ふたたび袖を通す人を待ち続けている制服を見ていると、彼女がすでにこの世にいないかもしれないということの生々しい手触りが、いまさらながらに感じられた。

女性の衣服や持ち物をじろじろと見るのは申し訳ない気がしたので、修は確認を終えると視線を逸らす。

「……通学鞄が入ってないな」

「ミズキが最後にこのロッカーを使ったのは、朝練の時ですから。部室に来る前に教室に置いてきたんだと思います。見ての通り、あんまり大きなロッカーじゃないですから、鞄が大きいと入らないんですよ。事故のあと、ご家族の方が引き取りに来たって聞いてます」

一年生の教室は、部室棟にほど近いC棟にある。どうせ部活で教科書やノートを使う機会はないのだから、先にバッグだけ教室に置いてきたとしても、そう大した手間にはならない……。

その時ふと、違和感が修の頭の片隅をよぎった。

「――待てよ」

「修、何か見つけたの？」

「いや、そういうわけじゃないが……おかしくないか？　水城さんは、朝練の最中に堤防から転落して、病院に運ばれた。つまり、ここには戻ってこられなかったんだ。それなのに、なぜ鍵が開いてるんだ？」

修の疑問に対して応じたのは、根岸だった。

「単純にミズキが鍵を掛けなかっただけじゃないですか？　確かに、ルール上は必ず鍵を掛けることにはなってますけど……どうせ部員以外は入ってこないので、守ってる人は少ないと思います。私も急いでる時は、開けっ放しで出ちゃうし」

見たところ、ロッカーに貴重品は入っていない。周囲が女子生徒ばかりなら、制服の盗難もそこまで警戒しないだろうし、水城が鍵を掛けなかったとしても不思議ではない。

しかし修は、その解釈に素直に頷けなかった。

「鍵を掛けなかった……ね」

「修、何か引っかかるの？」

「ちょっとな」

修は水城舞に会ったことがない。顔は先ほど写真で見たが、口癖も、成績も、好きな食べ物も、座右の銘も、何一つ知らない。

しかし、綺麗に折りたたまれ、重ねられている制服を見ていると、水城舞という女子生徒の人となりが、何となく分かるような気がした。

きっと彼女は、几帳面（きちょうめん）な性格だったのだろう。どうせすぐ戻ってくるからとか、誰も見てないからいいやとか、易（やす）きに流れることのない、実直な人柄を修は想像する。そういう人が、ダイヤルロックを設定するほんの一手間を惜しむというのは考えにくい。

では、なぜ鍵は開いているのか？

綺麗にそろえられた茶色のローファーを見つめながら考えをめぐらせた、その時だった。

修の背後で、ガン、と金属同士のぶつかるような鈍（にぶ）い音が鳴り響いた。

幽霊。

瞬間、その二文字が脳裏に浮かぶ。まるで冷たい手が背筋を撫（な）でたように、ぞくりとした。

しかし振り向いた先にいたのは、いかにも手持ち無沙汰そうにロッカーをいじっている、御堂だった。

「なんだ、お前か……まぎらわしいな」

修はため息をついた。

「慎司くん、何やってるの？」

「ちょっとした実験だよ」

「実験？」

御堂はロッカーのレバーに手をかけた。そして、手前に引く。しかしロックが掛かっているのか、戸は開かなかった。

「うん、やっぱり」

御堂は深く頷く。

「根岸さん。君が先日廊下で聞いたという音は、もしかして、これじゃないかい？」

「え……？」

御堂はロッカーの扉を繰り返し引いた。しかし鍵が掛かっているのだから、何度やっても開くはずがない。レバーを引くたびに、金属を打ち鳴らすような鈍い音が鳴り響く。

その音は確かに、根岸がガン、ガン、ガン……と擬音で形容していたラップ音にかなり近いように思えた。

「あ、そうです！　確かにこれです！」

根岸が目を丸くしながら言った。

「まぁ、そんなことだろうと思ったよ」

「いや、待て待て」

修は慌てて言った。

確かに理屈は通るが、納得できない。

「すると、なんだ。根岸さんが廊下を歩いていた時、誰かが部室のなかで、鍵の掛かったロッカーを力任せに引っ張りまくって、強引にこじ開けたってことか？」

「いやいや、君じゃないんだから……大体、そんなことをしたら、そのロッカーの扉はいま壊れているはずだろう？」

御堂が呆れたように言った。

「もっと常識的に考えてみたまえ。もし君が、番号の分からないダイヤルロック式のロッカーを開けようとしたら、どうする？」

「どうするって、そりゃあ――鍵を壊すか、扉ごと引っぺがすか」

「……そういうゴリラ的発想じゃなくて、せめて人間のできる範囲で頼むよ」

「あとは、強いて言うなら、片っ端から番号を試すぐらいしか――」

「それだよ。番号が分からないなら、片っ端から試すしかない。つまり、ダイヤルのつまみを回してはレバーを引いて、つまみを回してはレバーを引いてという工程を、正解を引き当てるまでひたすら繰り返すということだ。その一連の作業を、廊下から音だけ聞けば、『鈍い金属音が連続して聞こえてきた』という現象になる。これがラップ音の正体さ」

御堂は目の前にあるダイヤルロックを、ピアニストのように細長い指でいじり始めた。

血マメを作っては潰し、作っては潰しを繰り返して、鋼とは言わないまでも岩ぐらいには硬くなった修の拳とは、まるで違う種類の綺麗な手だった。

「君は、水城さんのロッカーが施錠されていないことが気になるんだろう？　なら、こう考えればいい。このロッカーは、確かに施錠されていた。しかし誰かが、しらみつぶしの力業でダイヤルロックを解除したのさ」

「なるほどな……」

目撃者は複数いる。つまりそいつは、複数回にわたって女子陸上部の部室に忍び込み、ここの鍵を開けようとしていたのだ。そしてダイヤルロックは、その性質上、時間さえかければ必ず開けることができる。

「0」から「9」までの数字が四桁で、合計一万通り。二秒で一パターンを試せると仮定すれば、しらみつぶしに掛かる時間は二万秒。一分が六〇秒で、一時間が三六〇〇秒だから――所要時間は約五時間三〇分。大変だが、繰り返し挑めばできないというほどでもない。

「じゃあ、ここで目撃された幽霊って……」

根岸がおそるおそる言う。

「ダイヤルロックの解除を試みていた〝何者か〟だろうね。まぁ、少なくとも幽霊ではないはずだ」

何せ本人なら、自分で設定した番号ぐらい覚えてるはずだからねと、御堂は笑う。

しかし麻琴も根岸も笑わなかった。それどころか、余計に深刻そうな表情になる。

無理もない。何者かが、事故で大怪我を負った女子生徒のロッカーのなかをのぞき込もうと、この暗い部室にこもり、何時間もひたすらダイヤルを回していた……その場面を想像すると、確かに気味が悪かった。「幽霊」ならまだ笑い話にもできるが、「部室に潜んでいた変質者」となると、いよいよ現実的な恐怖になる。

単にロッカーを開けたいだけなら、方法はいくらでもあるはずだ。ドライバー一本あれば、扉の隙間からさし込んで、てこの原理で簡単にこじ開けられるだろう。そうではなく、あえて数字を一つ一つ確かめていたところに、得体のしれない執念のようなものを感じた。

ふいに廊下の方から、複数の女子生徒の笑い声が聞こえてきた。部室に入ってくるのではないかと一瞬身構えたが、どうやらドアの前を通り過ぎていったようで、楽しげな声は徐々に遠ざかっていく。

「……とりあえず、ここは出よっか？」

「ああ」

麻琴の提案に修は頷く。休養日とはいえ、部員が入ってこないとは限らない。いくら「調査」という大義名分があるとはいっても、さすがに入ってきた女子生徒と鉢合わせるのは気まずい。

そうして、修が出入口の方へと踵を返した、その時だった。

御堂が突然、倒れるように膝をついた。

「おい！」

修は慌てて駆け寄り、声をかける。唇が青く、顔からも血の気が引いている。頭が痛いのか、右手で額(ひたい)を押さえており、髪の毛を摑む指先が微かに震えていた。

「大丈夫か？　死にそうな顔してるぞ」

「……そんなに近づくな。君の顔は、ただでさえくどいんだから」

いつもと同じように毒づいているが、その声は弱々しい。

「保健室行こうか？」

麻琴は御堂の背中をさすった。根岸も、心配そうに様子をうかがっている。

「大げさだよ……少し休めば、大丈夫だ」

しかしここでは、横になる場所もない。

「摑まれ、いったん外に出るぞ」

修は御堂に肩を貸して、女子陸上部の部室を後にした。

＊

最初は保健室に連れていこうかと思ったが、ここからだとかなり距離があるうえに、どのみちこの時間では養護教諭はいないはずだ。休むだけならソファでもいいだろうと思い、修たちは御堂を連絡会事務室に連れて帰ってきた。

事務室に戻ってきてから一〇分ほど経ったあと、御堂は薄目を開けて、修の方を見た。

「……水はあるかい？　コーヒーでも紅茶でも、何でもいい」

「あ、私、買ってきます！」

根岸が連絡会事務室から飛び出していこうとするのを、修は「いや、俺が持ってる」と言って引き留めた。

「ほら、こいつを飲め」

修はリュックのなかに手を突っ込み、持っていた紙パックの飲み物を取り出した。

「……何だこれ」

御堂は顔をしかめる。

「プロテインバナナミックスだ」

「……まぁ、背に腹は替えられないか」

よほど嫌だったのか、御堂は息を止めて、一気に飲み干した。

「慎司くん、もしかして頭痛？　だったら私、薬持ってるよ。市販薬だけど」

麻琴はバッグのファスナーを開こうとする。

「いや、鏡を見ると、気分が悪くなるんだ。持病のようなものさ……」

先ほどの女子陸上部の部室は、出入口の脇に大きな姿見があった。

「鏡って——慎司くん、鏡が苦手なの？」

「……ボクの話はいいよ、さっきの続きを話そう」

御堂はそう言って、腕で支えながら身体を起こす。

「どこまで話したか……そうそう、幽霊じゃなくて変質者だったかもしれない、っていう話だったね」

「ああ。とはいえ目撃者は全員、『水城舞の幽霊を見た』と証言している。さすがに背格好や服装がまったく違う者を目撃してそんな証言はしないだろうから、そいつは少なくとも、英印高校の制服を着た女子生徒だったということだろう」

「そうですね……部室が暗かったので、顔立ちは何とも言えませんが」

根岸は胸の前で指を組みながら、かぼそい声で言った。

「もしかしたら、私も含めて見間違えたのかもしれません。あんな事故の起こったあとだったから、人影を見て、無意識にミズキを連想しちゃったのかも」

確かに、暗い部屋で顔を見分けられたという証言自体、そもそも信憑性は低いとも言える。

「あともう一つは……水城さんのロッカーを開けた目的は一体何だったのか、ってところだな」

「うん、そこなのよね」

麻琴は難しいパズルに挑むように、表情を固くして腕を組んだ。

「シンプルに考えれば、物盗りだろうが……」

御堂も歯切れが悪い。

「麻琴の言っていた通り、鍵を掛けるのを面倒くさがっていた生徒も多いはずだ。もしボクが窃盗犯ならそっちを狙うね。わざわざロッカーのダイヤルロックを外すなんて、手間がかかるし、見つかるリスクが大きすぎる。実際、その姿が目撃されて、こうして騒ぎになってるわけだ」

「まぁ、確かにな」

修は頷いた。手っ取り早く金が欲しいなら、もっとシンプルな方法がいくらでもある。

「ねぇ、今日はここまでにしない？　慎司くんは早く帰って休んだ方がいいと思うし、私も、そろそろお母さんがデイケアから帰ってくるから」

確かに、手持ちの情報だけでこれ以上考えたところで、突破口は見つかりそうもない。

麻琴の提案に他の三人が頷いた時、計ったようなタイミングで、六時を知らせるチャイムが校内に鳴り響いた。

＊

帰り道。

雨が強くなっていて、まるで天から地面に向かって機関銃が掃射されているようだった。修と麻琴は仕方なく、学校の駐輪場に自転車を置いてバスで帰ることにした。

三ヵ月ほど前、自転車通学の生徒が交差点で主婦と接触事故を起こして以来、交通マナー徹底について毎朝のホームルームで耳にタコができるぐらい言われていた。お互いに軽傷で済んだらしいが、学校側は生徒の自転車通学について、かなり神経質になっている。傘をさして片手運転しているところが見られた日には、自転車通学自体が禁止になりかねない。

御堂と根岸は電車通学なので、停留所の前で別れる。御堂は家に帰れる程度には回復したようで安心した。

数分待つとバスがやってきた。数年おきに廃止の話が持ち上がるようなローカルの路線だけあって、人はまばらだ。単語帳をぱらぱらめくっている中学生。野菜の詰まったトートバッグを抱えている年配の女性。修と麻琴は、最後列の座席に一人分の距離を空けて腰掛けた。

「少し遅くなったけど、大丈夫か？」

「うん。この時間なら、デイケアの車が回ってくるまでギリギリ間に合うと思う」

麻琴はちらりと自分の腕時計に視線を落として頷いた。修の家も麻琴の家も同じ町内にあり、学校までは自転車で片道約三〇分ほどの距離だ。バスに乗った場合も、図書館前やら公民館前やら停留所が多い関係で、かかる時間はほとんど変わらなかった。

「でも、買い物してる時間ないなぁ。帰ったらすぐお味噌汁作って、お隣さんからもらった野菜を甘酢で炒めて……」

まだ六時過ぎだが、大雨が降っているせいで外は夜のように暗い。対向車のヘッドライトが車内に差し込んだ時、白々とした光に照らされた麻琴の横顔が、一瞬ひどく疲れているように見えた。

「しかし、大変だな……毎日だろ？」

「まぁ、でも、こればかりはね」

麻琴は曖昧に微笑む。

「修の部活の方が大変でしょ？　いつも遅くまで練習やって」

「まぁ、俺の場合は好きでやってることだから」

「……私も、嫌々やってるわけじゃないよ？」

修は、はっとして麻琴の方を見た。

怒っているのかと思ったが、そうは見えなかった。いつもと同じ、穏やかな笑みを口元にたたえている。

「いや……すまん。悪かった」

「ううん。こっちこそ、変なこと言ってごめんね。私のこと、心配してくれてるのに」

麻琴は申し訳なさそうに言う。

「……おふくろさんの具合、どうなんだ？」

「しっかりしてるよ？　夕ご飯に同じメニューが続いたりすると、文句言われるもん」

「すごいな、さすがだ」

麻琴につられて、修も笑みをこぼす。

麻琴の母親のことは修もよく知っていた。子供の頃、たまに家にお邪魔しては、麦茶やお菓子を出してもらった覚えがある。

「そういえば、修が世界大会で優勝した時の新聞を見せたら、すごく喜んでたよ。あの子は大したものだ、町の誇りだ、このままオリンピックにも出るんじゃないか、って」

「そりゃあ、もっと頑張らないとな」

素直に出た言葉だった。無名だった頃から応援してくれていた人の期待には、応えたいものだ。

「……修は、さ」

麻琴は、いままでよりも少しだけ低い声で言う。こっそり表情をうかがうような、彼女らしくない目をしていた。

「高校出たら、東京行くの？」

「たぶん、な」

修は頷いた。

「大学で部活に入るにしろ、プロのジムの門を叩くにしろ、設備の整ってるところは都市圏に集中してる。それにボクシングは対人競技だから、周囲のレベルも大事だ。そういうことを諸々考えると、やっぱり、東京だと思う」

「……うん、そうだよね。やっぱり」

麻琴は窓の外をちらりと見ながら、ぽつりと言う。

「ここにいても、仕方ないもんね」

窓の外に見えるのは、地元の商店街だ。しかしそのほとんどは、もう長いことシャッターを閉めたままだった。本屋もレンタルビデオ屋もない。ゲームセンターは、町はずれに一軒だけ。最後に残っていたレンタルビデオ屋は、去年デイサービスの事務所になった。

時給一〇〇〇円を超える仕事はほとんどないから、若い人の多くは進学や就職で町を出る。戦後から地方経済を支えていた炭鉱は四〇年前に閉鎖、大枚をはたいて誘致した外資系メーカーの工場はバブル崩壊とともに逃げ出して、起死回生を狙って建てたテーマパークは世紀末を待たずに破綻した。時流に乗っかろうとしてことごとく振り落とされた、哀れな町の落日の姿が、ここにある。

いくらでも綺麗事は言えるだろうが、事実として——麻琴は、母の介護がある限り、日の落ちたこの町に残り続けるしかないのだ。二度と日の昇らないかもしれない、この町に。

何となく暗い雰囲気になってしまったので、修はとりあえず話題を提供しようと、「そろそろ、本格的にボクシングを再開しようと思う」と言った。

「もちろん、最初は週一ぐらいのペースから始める予定だけどな」

「身体はもう大丈夫なの？」

麻琴は心配そうに訊ねる。

「感覚的には特に問題はなさそうだ。とりあえず明日、お世話になってる先生のところに相談に行ってくる」

「お母さんに診てもらってるんじゃないの？」

修の母親は柔道整体師だ。家の近くで整骨院を開いている。立地は良くないが、肩こりからスポーツ障害まで幅広く対応しており、近所からの評判は上々だった。

「念のため医者に診せた方がいいって、おふくろに言われてな。志村病院にスポーツ障害の専門医がいるって、紹介されたんだ」

「あ、志村病院なんだ」

志村病院は、この過疎の町にあって唯一の総合病院だ。部活中に怪我をした場合、大抵は志村病院の整形外科にお世話になることになる。ふいに、水城舞もおそらく志村病院に搬送されたのだろうと、修は思った。

「復帰戦は応援行くね」

「無理しなくていいぞ？　もしかしたら、東京のオープン大会になるかもしれない」

「ううん、私もたまには遠出したいから」

考えてみれば、麻琴は家のことがあるから、宿泊を伴う学校行事には参加できない。だったら今度、部活連絡会で何か理由をつけて、日帰りで近場に行くのもいいかもしれないと思った。

「白瀬。お前、行きたいところってあるか？」

「え、連れて行ってくれるの？」

「聞いてみただけだ」

なんだ期待しちゃったと、麻琴はおどけるように笑う。

「そうだな、私は――穏やかで暖かい場所がいいな」

＊

翌日。

自主練のため朝早く家を出ようとすると、ちょうど父の賢介が車で出勤するところだった。「ついでに学校まで乗ってく？」と言われたので、ありがたく送ってもらうことにする。

親子ともに巨漢に分類される男性ではあるが、修が身長も高く筋肉質な体つきをしているのに対して、賢介の方は大きなゴム毬に手足を生やしたような体型だ。だから運転席に座ると、なんだか憎めない愛嬌のある顔立ちと相まって、檻に押し込められたタヌキの置物みたいに窮屈そうに見える。

「最近、学校はどう？」

「まぁ、ぼちぼちってとこ」

「ボクシングできなくて暇じゃない？」

賢介の喋り方はどこか少年っぽく、修の方が大人びていると言われることもある。

「ああ、暇だったから、白瀬に誘われて部活連絡会に入った」

「部活連絡会？」

「まぁ、生徒会みたいなもんだよ」

賢介は赤信号でブレーキを踏むと、ちらりと修の方に視線を滑らせて、「いいね、青春っぽくて」と小さな笑みを浮かべた。修がボクシング以外に放課後の過ごし方を覚えたことに、どことなく安堵しているようにも見える。

修は法連寺を退学してからというもの、普通の中高生が興味を持ちそうなゲームやマンガ、音楽などには目もくれず、ひたすらボクシングに打ち込んできた。法連寺学園で起こったことを考えれば、修がボクシング部を続けたことは両親の目にも異様に映ったかもしれない。

「頑張るのはいいけど、麻琴ちゃんはご家庭のこともあるだろうし、もし夜遅くなりそうなら代わってあげなさいね」

「ああ。ただ、六時には終わらせるようにしてるから」

「あれ、そうなの？　この前、夜九時ぐらいに制服で歩いてる麻琴ちゃんを見かけたから、てっきりその活動で遅くなったのかと思ったよ」

部活連絡会でそこまで遅くなることはないはずだ。もしかしたら母親の世話を誰かに頼んで、自分は図書室で勉強していたのかもしれない。

「ぼくは車だったし、もう暗かったから、送っていこうと思って声を掛けたんだけどね。気付かなかったみたいだ」

「あいつ、やっぱり疲れてるのかもな……」

昨日、帰りのバスのなかで見た麻琴の横顔を思い出す。他人の世話をするぶんには労をいとわないのに、自分のことになった途端、後回しにするタイプだ。放っておくと無理をしそうなので、気にしておこうと思った。


朝六時過ぎに学校に着くと、まだ誰もいない教室でジャージに着替えてランニングに出た。

昨日のスパーリングの感覚だと、肘はほぼ完治しているように思える。放課後、志村病院で診察を受けて練習再開の許可をもらえたら、来週からすみやかに部活に復帰するつもりだった。しばらくまともに走っていなかったから、いまのうちに少しでも体力を取り戻したいと思った。

裏門からいったん学校の敷地の外に抜けると、見晴らしの良い県道に出る。海沿いの、一直線に伸びた道路だ。水面に反射した陽射しが眩しく、日に焼けてしまうということで女子には不評だが、吹き抜ける海風は涼しかった。テトラポッドに砕かれた白波の飛沫が、たまにぱらぱらと降りかかってくる。それが火照った身体にはひんやりと気持ち良かった。通称「海ラン」、部活や体育の授業では定番の中距離コースであり、修や麻琴の通学路でもある。

校門を出てから一〇分ほど走ると、道沿いに、数年前に潰れたホテルの看板が目に入った。長年潮風に晒されて錆びついた看板は、もはや宿の名前も読めなくなっている。古い自動販売機の前を通り過ぎたところで、修は足を止めた。根岸曰く、水城舞が転落したのは、確かこのあたりのはずだ。

堤防の高さは、身長一八五センチの修のへそのあたりだ。写真で見た水城の体格からすると、堤防は大体胸の位置だろう。事故ということだったが、たとえ雨で滑ってしまったとしても、胸の高さまである堤防から落ちてしまうというのは少し奇妙な感じがした。

堤防から身を乗り出してみる。水面に敷き詰められたテトラポッドまでは、四メートルあるかないかといったところだ。そこまで高いという印象はなく、気を付けて足から降りれば、怪我なく済みそうですらある。とはいえ、ふいに四メートルの高さから落下して、コンクリートの塊に頭を打ち付けたら、即死することだって十分にありえるのだ。ヘッドギアを被り、柔らかいグローブを拳につけたとしても、クリーンヒットすれば人の意識は飛ぶ。それが鉄やコンクリートであれば、結果どうなるかは、言うまでもない。

テトラポッドの上には、ゴミが散乱していた。タンブラーやネックウォーマーについては、このあたりを走ったランナーが捨てたものかもしれないが、ウインドブレーカーやスニーカー、ジャージの上下となると、ポイ捨ての域を超えて完全に不法投棄である。

そんなゴミだらけの波打ち際を眺めていると、テトラポッドの一つに赤い染みのようなものが付着しているのが見えた。それが水城のものかどうかは分からないが、ひどく生々しい感じがする。思わず目を逸らそうとして、修はふいに、その赤い染みのすぐ近くに黒いものが落ちていることに気付いた。

「……なんだあれ？」

最初は虫か何かに見えたが、それにしては大きいし、ゴツゴツした感じがする。ゴミにも見えるが、もしかしたら水城が落下した拍子に落とした物かもしれない。手掛かりになるかもしれないので、念のため拾っておこうと思った。

周囲を見渡すと、ちょうどすぐ近くに縄梯子（なわばしご）があった。おそらく、誤って転落してしまった人が堤防に上がるためのものだろう。しかし、その縄梯子はずいぶんと細く、風もないのにやたらと揺れた。

たった数メートルを一分ほどかけて下りて、テトラポッドの上に立つ。バランスを崩さないよう、岸壁に手をつきながら修はゆっくりと歩いていった。

近くで見てみると、それは黒い腕時計だった。時刻はデジタル表示で、見た目のわりに軽い。側部にいくつかボタンがあり、ラップタイムを測ることのできる、いわゆるランナーズウォッチというやつだ。ボクシング部でもロードワークの時につけている部員がいる。しかし、ずいぶんと古い型に見えた。

いらなくなったものを誰かが捨てたのかと思ったが、まじまじと見てみると、バンドの裏側に血飛沫のような赤い斑点が付着していて驚いた。あやうく落としそうになる。

裏蓋には「R.Mizuki」のロゴが入っていた。Rということは、水城舞本人のものではないのだろう。もしかしたら、オリンピックで活躍したという母親、水城令のものなのかもしれない。彼女はすでに亡くなっているはずだから、水城舞にとっては母親の形見ということになる。

勝手に持ち去っていいものかと逡巡したが、ここに放っておいても波にさらわれるだけだと思い、修はその腕時計をハンカチに包んでポケットのなかに入れた。

さらに三〇分ほど走って、修は学校に戻った。そこまで早いペースではないのに、息は上がっている。怪我の前までは一時間ぐらい走っても平気だったのに、やはり体力はかなり落ちているようだ。技術よりはフィジカルの強さで売ってきたファイトスタイルなので、スタミナが戻らないことにはどうしようもない。明日から少しずつ、走る距離は伸ばしていかないと。

そんなことを考えながら歩いていると、体育倉庫の裏手から、灰色の煙が上がっているのが見えた。まさか火事かと身構えて、次の瞬間、そういえばあそこには古い焼却炉があったはずだと思い直した。教師か用務員が落ち葉でも集めて燃やしているのかもしれない。それにしても、ずいぶんと早くから仕事をするんだなと思った。あるいは、どうしても煙と臭いが出てしまうから、あえて生徒が少ない時間に焼却炉を稼働させているのだろうか。

修は何となく気になって、体育倉庫の裏手をのぞき込んだ。

そこには、いままさに稼働している、年季の入った古い焼却炉が一台。

しかし、その焼却炉の傍らに立っているのは、意外な人物だった。

御堂だ。

軍手をはめた手にトングを持っているところを見ると、焼却炉を使っているのは御堂らしい。銀髪にピアスなんていう派手な格好と軍手にトングの組み合わせは、傍から見ていて笑ってしまうほどに不釣り合いだった。

ちらりとスマホを見ると、七時半だった。ホームルームが始まるまで、まだ一時間もある。もちろん、御堂が早起きして校内美化活動に精を出したあとゴミの焼却までこなしたという可能性もなくはない。しかしこの男が自らすすんで汗をかくことをするというのは、ちょっとイメージできなかった。学校の備品を使っているわけだから、教師からの許可を得てはいるのだろうが。

御堂はまだ、修が近づいてきたことには気付いていないようだった。どうやら、かなり集中しているらしい。

別に親しい仲でもないが、昨日鏡を見た途端に倒れてしまった御堂のことは、少し気になっていた。一応体調ぐらいは聞いてみるか――そう思って声をかけようとしたところで、修は足を止めた。

焼却炉を見つめる御堂の目が、尋常ではなかったのだ。

修はこれまで、御堂の物事に対する態度から、真面目さや真剣味というものを感じたことがほとんどない。そもそも、いかにも役者らしい大仰(おおぎょう)な口ぶりや仕草とは裏腹に、どこか感情に乏しいという印象がある。たまに露骨な不快感を示すことはあるが、大抵は皮肉っぽい薄ら笑いを浮かべている。その斜に構えた感じが修はあまり好きではないのだが、向こうも向こうで律儀(りちぎ)さを身上(しんじょう)とする修のことが苦手なようだったし、お互い様ぐらいに思っていた。

しかし御堂は、いま、まるで親の仇（かたき）を見るような目で、焼却炉を見つめている。顔つき自体は、怒りに歪んでいるというわけでもなく、むしろ氷のように冷たかった。端整な顔立ちをしているぶん、いつもの薄ら笑いが消えて一切の表情がなくなると、妙な迫力が出る。無表情のなかで、目の前の焼却炉を凝視している双眸（そうぼう）だけが、まるでなかで燃えている炎を映すように、苛烈な色を滲ませていた。

御堂は足元に置いてあった古雑誌をトングで摑んだ。どうやら、これから投入するらしい。水着姿のグラビアアイドルが愛想よく笑っているその表紙には、『サードアイ』の文字があった。

昨日の芝崎の話を思い出す。確か、御堂が古本屋でまとめて買っていたという雑誌の名前も『サードアイ』だった。「赤い水着のアイドル」が表紙の号だと言っていた気がするが、いま御堂がトングで摑んでいる雑誌は、まさにその通りの装幀だ。すると御堂は、この雑誌を古本屋でわざわざ買ってきて燃やしているということになるが……。

本人に聞けば、事情が分かるかもしれない。

しかしいまは話しかけない方がいいような気がして、修は何も言わず、その場を後にした。

＊

放課後。

授業が終わると、修はそのままバスで志村病院に向かった。

田舎の病院というのは、医療機関であると同時に、お年寄りの社交場のようなところがある。祖母や祖父のような年代の人たちに囲まれながら一時間ほど待っていると、ようやく名前が呼ばれた。修は暇つぶしに眺めていた単語帳をバッグのなかに放り込むと、一応のマナーとして診察室のドアをノックしてから、なかに入る。

そこにはいつも通り、白衣をだらしなく着崩した女性が座っていた。髪の毛はいわゆるプリンで、かすれた茶色の毛先が無造作に肩に垂れている。あまりお洒落には興味がなさそうだが、そのわりに凝ったデザインのメガネをかけているあたり、趣味がよく分からない。胸元につけた白いネームホルダーには、「医師　志村英子（えいこ）」と記されている。

「失礼します」

「おっ、来たなボクシング少年」

修との付き合いは長く、中学二年の夏にこの町に戻ってきてからずっとお世話になっている。母親曰く、志村はスポーツ障害の分野では相当の有名人らしいが、そんなオーラはまったく感じられない。そもそも「人からどう見えるか」ということにあまり頓着しない性格らしく、この前など寝起きだったのか髪の毛はボサボサ、目やにがついたまま欠伸をかみ殺して診察していた。この人に任せておいて大丈夫なのかとたまに不安になるのだが、他の部活で再起不能とも言われた部員たちが彼女のリハビリによって復帰しているところを見ると、その腕は確からしかった。

「で、調子はどう?」

「身体はまったく問題ないです。スパーリングでも、よく動けました」

「あれっ、スパーリングやったの?」

「……すみません」

彼女からは、試合やスパーリングはもちろん、しばらくはランニングもするなと厳命されているのだった。

「まっ、やっちゃったものは仕方ないか」志村は特に怒った様子もなく、問診を続ける。

「で、調子は良かったんだ?」

「はい」

「なるほど」志村は修の肩や腕の筋肉を軽く触っていった。「痛いところは?」

「特に」

「オーケー」

彼女は小さく頷く。

「……相変わらず、とんでもない筋肉してるね。私も、プロからアマチュアまで、色々な選手を診させてもらってるけど。身体的なポテンシャルっていう意味じゃ、君は間違いなく、私がいままで診てきたなかの五指に入る」

「……」

志村は正直な人だ。お世辞や気休めは言わない。だから、修の身体能力がアスリートと呼ばれる人種のなかでも飛びぬけているというのは、事実なのだろう。

しかし、それを聞いて素直に喜ぶ気にはなれなかった。

いくらフィジカルに優れていようと、長らく実戦から遠ざかっていれば、試合の勘は鈍る一方だ。そして、ウエイトでつけた筋肉と天分(てんぶん)の身体能力だけで勝てるほど、ボクシングという競技は甘くない。

そう思うと、急に焦りがこみあげてきた。国体まであと二カ月もないのだ。怪我でインターハイに出られなかった以上、もう絶対に負けることはできない。筋肉量を落とさずに減量するには時間が掛かるし、試合の勘を取り戻すためのスパーリングも、できるだけ早めに始めたかった。

「先生。俺はもう、大丈夫です」

「まぁ、慌てない、慌てない」

志村は落ち着いた口調で言う。スポーツ障害の専門医だけあって、早期復帰を望む選手をたしなめるなんていうのは、もう何十回と経験した場面なのだろう。

「少年、君の場合はさ。不慮の怪我っていうより、成長期のハードトレーニングによる疲労の蓄積が本質的な原因なんだよ。法連寺の練習メニュー、毎日ランニング三〇キロって言ってたよね？　そんなの、きょうび箱根駅伝目指してる大学陸上部だって追い込みの時期にしかやらないよ。そもそも、ボクサーがやるべきメニューじゃない。そうやって酷使した身体を、ゆっくりと回復させていかないと、また同じことの繰り返しになる」

「でも」

「でも、じゃない」

志村は、ほんの少しだけ声のトーンを落とした。そして、胸の前で両手を組む。

「長い競技人生のなかには、こういう時期もある。長い目で見た時、いまの君に大事なのは、日々のストレッチと静養だよ……まぁ、これは君の問題っていうより、法連寺の指導者の責任なんだけどね」

志村は微かに眉を寄せる。その表情を見て、修はふいに、最初にこの病院に来た時のことを思い出した。

彼女は修の右肘のレントゲン写真を見たあと、その場で怒りを露わにしながら法連寺学園の体育科に電話した。生徒の身体をこんなふうにするなんて、あんたたちのやっていることは指導でもなんでもない、ただの虐待だ——志村は受話器に向かってそうまくし立てたのだ。

「だから、あと一週間は様子見ようか。それで問題なさそうなら、シャドーから始めていこう」

「——分かりました」

志村は、信頼できる人だ。焦る気持ちを抑えて、修は頷く。

「そういえば、先生」

「ん？」

「一週間前に、うちの高校で転落事故があったの知ってますか？　なんでも、陸上部の女子部員が堤防から落ちたって」

「なんだ、あれって君の高校か」

私は担当じゃなかったんだけどね、と志村は続けた。

「全身打撲で、かなりの重体みたい。まだ意識も戻ってないって聞いたわ。まぁ、でもコンクリートに頭から叩きつけられて即死しなかったのは奇跡だよ」

水城舞が亡くなったというのは、やはり根も葉もない噂だったらしい。

「少年も、雨の日にロードワークしたらダメだよ？　いまだに雨ニモマケズ風ニモマケズの精神で走るようなコもいるけど、それ逆効果だから。滑ったら本当に危ないし」

「当日は雨も風も強かったって新聞で読みましたけど、学校側がやめさせなかったんですかね？」

「聞いた話だけど、本来は室内トレーニングのはずなのに、部員たちが自主練っていう名目で走りに行ったみたい。まぁ、部員が一〇〇人以上いるから、試合に出るためにみんな必死なんだろうね……競争が行き過ぎて、変なことにならなければいいけど。そういうので崩壊しちゃう部活って、案外少なくないから」

志村は表情を曇らせる。きっと彼女はこれまで、学校の部活動で起こってしまった不幸な事例をいくつも見てきたのだろう。

「怪我した女の子、もしかして少年の知り合い？」

「……ええ、まぁ」

「ごめんね、集中治療室への立ち入りは衛生上の理由で禁止してるんだ。お姉さんも毎日のように来てくれているんだけど、待合室で待機してもらってるの」

姉がいたというのは、初耳だった。しかしこれで、堤防で拾った腕時計を家族に返すことができる。集中治療室というと、確か四階だ。待合室も同じフロアだろう。

「ありがとうございます」

修はあらためて志村に礼を言う。

椅子から立ちあがった時、「あ、もう一つだけ」と呼び止められた。

「少年。これはもう、いままで何度も何度も言ってきて、いい加減耳にタコができるかもしれないけど、それでも言わせて」

志村はまっすぐに、修の目を見た。

「君には何一つ、後ろめたいことはない。ああしていたら結果は違っていたかもしれないとか、自分のせいでこうなったとか、決してそんなことは考えないで。あと、ネットの掲示板は絶対に見ないこと。『法連寺』でネット検索するのも禁止。分かった？」

「――はい」

「幻聴とか幻視の症状が出たら、すぐに言って。夜だったら、携帯に直接連絡もらってもいいから」

「分かりました」

「うん、よろしい」

修は一礼して、診察室のドアノブに手をかける。

——だって先輩、声を上げてくれたじゃないですか。私、ちゃんと聞いてましたよ——

耳元で、囁くような声がする。

果たしてこれは幻聴なのだろうか？

それとも……。

＊

病院の廊下を歩きながら、頭のなかで状況を整理した。

水城舞はまだ生きている。すなわち幽霊になりようがないということは分かった。

しかし、なぜ学校では「水城舞は亡くなった」というデマが流れているのだろうか？

思うに、これは因果関係が逆なのだ。「水城舞は亡くなった」という噂が流れてから、幽霊騒動が始まったわけではない。放課後、夕闇迫る部室に一人佇む女子生徒が目撃されて、彼女が水城舞に似ていたから、「これは堤防から落ちた彼女の幽霊に違いない」という話になり、そこから死亡説が流れたのではないだろうか。

となると、やはり謎を解く鍵になるのは、部室で目撃された女子生徒の正体だ。

しかしいまはとりあえず、拾った腕時計を、水城の姉に返してこようと思った。水城は亡くなっていないのだから、遺品ではなかったにしろ、大事なものには変わりないだろう。

そんなことを考えながら、修は階段を上っていく。踊り場のあたりでふいに顔を上げると、銀色の髪の男がこちらに向かって下りてきていることに気付いた。

顔をよく見るまでもない。髪を銀色に染めて、英印高校の制服を着た男が、この町に何人もいるはずがないのだから。

「……どうして君がここにいるんだ？　獣医なら隣町だぜ」

もっともサルを見てくれるかどうかは知らないけどねと、御堂は分かりやすく顔をしかめた。

「怪我だよ、怪我。右肘の具合が悪いから、ここの整形外科に通ってるんだ」

「君に現代医療はもったいない。持ち前の野生の力でなんとかしたまえ」

「馬鹿言うな――で、お前はあれか、鏡を見たら具合が悪くなるっていう」

「ああ。いまさらカウンセリングでどうにかなる話でもないけどね」

カウンセリング、というと心療内科なのだろう。御堂が大人しくカウンセリングを受けている様子が、修にはどうも想像できなかった。

「ところで君、どこに行くつもりだい？　整形外科は二階だろう？」

「四階だ。さっき聞いたんだが、ここの集中治療室に、水城さんが入院しているらしい」

「ふむ――亡くなったという話は、やはりデタラメだったわけか」

御堂は大して驚いた様子もなく言った。

「それで、直接本人に事情を聞きに行くのかい？」

「いや、まだ意識が戻っていないらしい。ただ、お姉さんが待合室にいるらしくてな。こいつを直接返しにいこうと思って」

修はリュックのなかから、ハンカチに包んだ腕時計を出して、御堂に見せる。

「海岸のテトラポッドの上に落ちてた。まわりには服やらタオルやらゴミが散乱してて、これもそうかと思ったんだが、念のため拾ってみたらびっくりだ。『R.Mizuki』って書いてあるから、たぶん、彼女のお母さんの形見だろう」

「なるほどね……」

御堂は腕時計に顔を近づけて、まじまじと見た。

「――君、これをいじったかい？」

「いや、拾い上げてハンカチに包んだだけだが……」

「そうか」

御堂は不審そうに首をひねった。

「何か気になるのか？」

「血だよ」

「あんな事故があったんだから、血がついてるのは当たり前じゃないか？」

「そうじゃなくて……まぁ、いまはいい。大事なものだし、とりあえず返しにいこうか」

ボクも一緒に行くよと、御堂は言う。断る理由はなかったので、修は御堂と一緒に四階に向かった。


集中治療室のある四階の待合室は、どことなく重たい雰囲気があった。別に、誰かが頭を抱えているとか、泣きじゃくっているとか、そういうわけではない。ただ、椅子に座ってスマホに視線を落としている人たちの表情や、窓の外を何を見るでもなく眺めている人たちの所作の一つ一つに、染みついた疲れのようなものを感じた。

最初は、受付に訊ねて水城の姉を呼び出してもらうつもりだった。しかし待合室をぐるりと見渡して、その必要はないことに気付いた。

写真で見た水城舞と顔立ちや雰囲気のよく似た若い女性が、窓際のソファに腰掛けている。足元の真新しい白いスニーカーは、水城の父親が経営しているスポーツメーカーのものだった。

彼女に近づいて話しかけようとすると、背後から御堂に呼び止められた。

「待て待て、不躾だろう。よく見たまえ」

そう言われて、ソファに腰掛けている彼女をよくよく観察してみると、なるほど、話しかけなくて正解だと思った。

姿勢が良かったので、遠目には分からなかったのだが、彼女は目を閉じて首をこくりこくりと前後に揺らしていた。どうやら眠っているらしい。もしかしたら、妹が目を覚ますのを夜通し待っていたのかもしれない。隣の席には大きなボストンバッグが置かれている。

おそらく病院に泊まり込んでいるのだろう。

「受付の人に頼んで、あとで渡してもらったらどうだい？」

「……お前、意外に気が利くな」

「野暮（やぼ）が服を着て歩いている君に比べたらね」

さすがに、わざわざ起こすのは忍びない。

修は受付の方へと向かいながら、御堂がこういった気遣いができることを、少しだけ意外に思った。

＊

一階の総合受付に戻ってくると、修と御堂は待合室のソファに隣り合って座った。

しかし、同じ学校とはいえバックグラウンドがまったく違うから、あらためて二人きりになると、共通の話題がほとんどないことに気付く。いったん「事件」の話が終わってしまうと、話すべきことは見当たらなかった。

沈黙が続いたあと、御堂はすっくとソファから立ち上がり、どこかへ歩いていく。まだ名前が呼ばれた様子はないから、会話の続かない相手と並んで座っていても気詰まりだということで、席を変えたいのかもしれない。修としても、別にそれで気分を害したりはしなかった。

しかし少しすると、御堂はペットボトルのコーラを二本、それぞれ左右の手で摑んで戻ってきた。

「受け取れ、君のだ」

御堂はぶっきらぼうに、そのうちの一本を突き出す。

「——どういう風の吹きまわしだ？」

「これで、貸し借りはなしだ」

「貸し借りって……ああ」

修は思わず笑ってしまった。昨日放課後に倒れた時、修が渡したプロテインジュースのことを言っているのだろう。

「なんだ。お前も案外、そういうの気にするんだな」

「別に。ボクはただ、人に借りを作るのが嫌いなだけさ。君のように、あとからチクチク言ってきそうな男には、特にね」

御堂はそっぽを向く。

せっかくのコーラに難癖をつけることもない。修はありがたくペットボトルを受け取ると、キャップをはずして、口元に持っていった。強炭酸の刺激が、喉に一気に広がっていく。今日は朝から三五度を超える猛暑日で、この待合室もクーラーがあまり効いていないせいか、よく冷えたコーラは抜群に美味く感じた。

「そういえばお前、部活はいいのか？　確かコンクール前だって言ってただろ」

修はコーラを飲み干すと、御堂に訊ねた。

「まぁ、ボクがいなくたって、稽古ぐらいはできるよ。彼らも子供じゃないんだから」

それに、と御堂は続ける。

「正直、毎日毎日演劇っていうのも、正直気詰まりでね。たまにぶらりと顔を出すぐらいが、ちょうどいいのさ」

「お前な……怪我して部活休んでる俺が言うのもなんだが、S特待生ならもっと自覚を持ったらどうだ」

「悪いね、自覚やら熱意やらは、どうにもガラじゃなくて」

御堂は悪びれた様子もなく言う。

「別に、演劇部がどうこうっていうわけじゃない。部活連絡会も、女の子と遊びに行くのも、なんならこの幽霊騒動だって、ボクにとってみれば本質的に同じなんだよ。この何もないクソ田舎で、暇つぶしにさえなれば何だっていいのさ」

――なら、古雑誌を集めて燃やすのも、お前の言う「暇つぶし」なのか？

今朝早く、体育倉庫裏の焼却炉で炎を見つめていた御堂は、普段とはまるで様子が違った。目の奥には、怒りとも悲しみとも知れない感情が渦巻いていた。

しかしそれは、好奇心で聞いていいことではないように思える。修に隠している過去があるように、御堂にも触れられたくない秘密の一つや二つはあるだろう。

「で、その暇つぶしの続きだ。昨日からつらつら考えてみたんだけど」

御堂は足を組みながら言う。

「やはり問題になるのは、目撃された女子生徒が水城さんのロッカーを開けようとした理由だよ。ここがどうにも分からない」

どうやら御堂は幽霊騒動の話の続きをするつもりらしい。病院の待合室で出すような話題でもないような気がしたが、かといって、他に話の続きそうなネタも思いつかなかった。

午後の病院は嫌になるほど混雑していて、会計の順番が回ってくるまで、あと一〇分以上はかかるだろう。

「なぁ御堂。思ったんだが、単に鍵の閉まってるロッカーを開けたいだけなら、ダイヤルロックをしらみつぶしに試すなんていう面倒な真似、しないんじゃないか？　俺だったら素手で扉をひっぺがすし、そこまで腕力がなかったとしても、あんなチャチなロッカー、ドライバーやらハンマーやら、道具を使えば何とでもなるだろ。それこそ、女子高生だって」

「ふむ……野蛮人的な発想だけど、一理あるね」

御堂は頷いた。

「しかし、蔵元。開けることが目的ではないとしたら、犯人は一体何のために、ダイヤルロックを解除したんだい？」

「そうだな――」

修は病院の待合室の白い壁を見つめながら、思考をめぐらせた。

しかし、考えれば考えるほど、ロッカーを開けること以外に、ダイヤルロックを解除することの意味はないように思える。そもそも鍵というものは、情報や財産を悪意ある他者から守るためにある。その鍵を突破しようとしたのなら、目的は当然、情報や財産の奪取にあると考えるのが自然だ。たとえば、何者かが修のマウンテンバイクの鍵を壊そうとしたなら、その目的は当然マウンテンバイクを盗むことだろう。同じように、誰かが修のスマホのパスワードを解除しようとしていたとしたら、その目的は修の個人情報を――。

「……待て」

いま一瞬、何かに手が掛かった気がした。

「どうした野蛮人？　マンモスでも見つけたかい？」

「いま気付いたんだが……あのロッカーのなかに、なかったものがある」

「なかったもの？」

御堂は怪訝そうに眉を寄せたが、次の瞬間、はっとしたような表情になった。

――解除されたダイヤルロック――

――ロッカーのなかになかったもの――

――昏睡状態――

――雰囲気の似ている姉――

そこに思い至った瞬間、修は頭のなかで、これまで得てきた様々な情報が一本の線でつながっていくのを感じた。

「……なぁ、御堂。一つ、思いついたことがあるんだが」

「……奇遇だね。ボクもだよ」

蔵元修さん、蔵元修さん、三番窓口までどうぞ——事務職員の淡々としたアナウンスが、待合室に響いた。

＊

会計を済ませたあと、お互いに思いついたことをすり合わせようという話になったのだが、「白瀬も呼ぼう」という修の提案に御堂も同意したので、病院内にある喫茶店「まつお」に入って麻琴を待つことにした。

麻琴は今回の一件を部活連絡会に持ってきた張本人であり、解決に向ける熱量も高かった。彼女を抜きに話を詰めるのは申し訳ないと思ったのだ。根岸も呼ぼうかと思ったが、これからする話は、いったん陸上部員のいないところでした方がいいと判断した。

三〇分ほどで、麻琴はやってきた。

「……二人が仲良くなったなら、私も嬉しいんだけど」

いきなり呼び出された麻琴は、怪訝そうな表情で修と御堂を見比べている。猛烈な陽射しのなか自転車をこいできてくれたようで、顔が赤く焼けて、水色のシャツの胸元のあたりが少し汗ばんでいた。いつも私服はチノパンを穿くことが多い麻琴だが、今日はさすがに暑いのか、七分丈のカーゴパンツというラフな格好だった。

「一体、どういう風の吹きまわし？」

喫茶店「まつお」の店内は狭く、客はまばらだった。カウンター席には、スポーツ新聞を熱心に読んでいる入院患者らしきパジャマ姿の男性と、紅茶を飲みながら窓の外の往来を眺めている初老の女性。三つあるボックス席の一つに、修と御堂、そしていま来たばかりの麻琴が腰掛けた。

「いや、別にこいつと仲良くなったわけじゃない」

「その通り」

「……そのわりには、息が合ってるように見えるけど」

麻琴はウェイターからアイスコーヒーを受け取ると、ますます不審そうな顔で言った。

「それで、どうしたの？」

「幽霊騒動の件、真相が分かったかもしれん」

「え、ほんと？」

麻琴はテーブルから身を乗りだして、不意をつかれたように呟く。

修はまず、簡単に経緯を説明した。海岸で水城が落としたとおぼしき腕時計を見つけたこと。水城は亡くなっておらず、志村病院にいまだ入院しているという事実。待合室にいた彼女の姉。そして御堂と幽霊騒動について話しているうちに、一つの結論に思い至ったこと。

「慎司くんの仮説も、修と同じなの？」

「いや、そこのすり合わせはしていないよ。もしかしたら、ボクとこの男の行き着いた結論はまったく違うかもしれない。ただいずれにしても、その議論の場に君はいるべきかと思ってね。何せ、麻琴が持ってきてくれた案件だ」

「そういうことね……うん、分かった。ありがとう」

麻琴は、ようやく得心がいったように頷いた。

「じゃあ、とりあえず俺から話す。それでいいか？」

「ああ」

御堂は異議なしとのことなので、修は話し始めた。

「ぐだぐだ言うのは性に合わんから、結論から言う。幽霊――もとい女子陸上部の部室で目撃された制服姿の女子は、ロッカーを開けるためにダイヤルロックを外したんじゃない。ダイヤルロックを外すこと自体が目的だったんだ」

「……え？」

意味が分からない——とでも言いたげな表情で、麻琴は首をひねった。一方の御堂は、いつもの薄ら笑いを浮かべながら、微かに目で頷く。どうやらこの点については、修の考えと一致しているらしい。

「ピンとこないんだけど、どういうこと？」

「そうだな、たとえば——白瀬。お前、ふだん体育の授業でロッカー使う時の暗証番号はどうしてる？」

「誕生日にしてるけど」

「他の暗証番号はどうしてる？」

「四桁のやつは、全部同じだよ。毎回考えるの大変だし、忘れるの嫌だから、全部統一して……」

麻琴はそこまで言うと、修の意図を察したらしい。はっとしたような表情で、修の顔を見返した。

「ねぇ、もしかして……」

「ああ。犯人は、ロッカーのなかに興味があったわけじゃない。犯人が欲しかったのは、水城さん自身が設定した、四桁の暗証番号だ」

「つまり——その人は水城さんの暗証番号を手に入れて、キャッシュカードなり何かのカードなりを使おうとしたってこと？」

「いや、女子高生のカードで動かせる額なんて、たかがしれてるだろ。足もつきやすいし、リスクと見合わない」

「でも、カード以外に暗証番号を使う機会って——」

麻琴は考え込むように、視線を店内にさまよわせる。その時ちょうど、グラスの横に置いてあるスマホが視界に入ったようで、「あっ」と呟いた。

「そっか、スマホね」

「ああ。機種にもよるが、パスワードが数字四桁のものは珍しくない」

いまや指紋認証や顔認証が主流だが、そういう生体認証を設定している場合でも、パスワードによるロック解除は必ず設定されているはずだ。

麻琴を待っている間に調べたことだが、スマホ本体のパスワードは原則として本人の申請でしか初期化できないらしい。たとえ亡くなった家族のスマホに入ってる写真を取り出したいとか、犯罪捜査のためにメールボックスを確認したいとか、そういう事情でキャリアやメーカーに掛け合ったとしても、拒否される場合が多いそうだ。しかも一定回数以上間違えたらロックが掛かり、最悪の場合初期化される可能性があるから、しらみつぶしというわけにもいかない。

「でもそれって、犯人が水城さんのスマホを持ってるっていう前提だよね？　ロッカーのなかにスマホはなかったから、たぶん通学鞄のなかに入っていたんだと思う。根岸さんの話だと、確か通学鞄は家族が引き取りに来たって……」

「その家族のなかに、犯人がいるんじゃないか？」

「……え？」

麻琴は、きょとんとした顔をした。

「たとえばお姉さんなら、年も近いし、制服を着ていれば簡単に学校にもぐりこめるだろう。何せ全校で五〇〇〇人以上いるわけだからな。それに顔立ちが姉妹で似ていたから、暗がりで見た時、本人の幽霊だと勘違いしたとしても、不思議じゃないだろ」

「うーん、修の言ってることは分かるけど……そうしてまで、危篤状態の妹さんのスマホをロック解除しなくちゃいけない理由ってあるのかな？」

「まぁ、そこは色々想像できる。たとえば、このまま目を覚まさないかもしれない妹さんの想い出をスマホのなかからサルベージしたかったとか。あるいは、せめて最期に仲の良い友達を病室に呼んであげたいから、交友関係を調べようとしたとか」

「あ、なるほど」

確かに、と麻琴は頷いた。

「――俺の仮説は、以上だ」

修はすっかり冷めてしまったコーヒーを口元に持っていった。病院のなかにある喫茶店だから――というわけでもないのだろうが、味が薄くて、やや物足りない気がする。

修はふいに、ずっと黙って話を聞いていた御堂の方を見た。

そこにあるのは、いつもと変わらない薄ら笑いだ。顔立ちは彫像のように整っているくせに、薄い唇をわずかに歪めた皮肉っぽい表情。しかし修は、その冷笑のなかに微かな苛立ちの色を見たような気がした。

「蔵元」

御堂は言う。

「君は……純粋だな」

「……なんだよ」

「論理構成はおおむね間違っちゃいないと、ボクも思う。しかしね、肝心なところを見逃している。目を逸らしているのか、はたまた見えてすらいないのかは、分からないけどね」

「はっきり言え」

百歩譲って、何かを見落としているとしよう。しかし、それがなぜ「純粋」という言葉につながるのか、修には理解できなかった。

「じゃあ、前提から話そうか。この一連の騒動には、そもそも三つ、不審な点がある」

一つ、と修は人差し指を上げた。

「不慮の事故とはいえ、部活動中に一人の生徒が大怪我を負ったというのに、学校側からはいまだ何のメッセージも発信されていない。いくら学校にとっての失態だからって、さすがにこの対応は悪手だと思わないかい？　これじゃあ、マスコミや保護者から事実を隠蔽していると言われても反論はできない」

「……確かに」

三カ月ほど前に起きた自転車の接触事故については、いまだに毎朝のホームルームで注意喚起されている。それなのに今回、本人が危篤状態になっているにもかかわらず、学校からの発信があまりにも少なすぎるように思えた。

「二つ。そりゃあ、十代っていうのは多感な時期だ。女子ともなれば、君のような野蛮人の一〇〇倍は繊細で感受性豊かだろう」

「ほっとけ」

「それにしても、高校生がいきなり不登校になるなんていうのは、さすがにおかしいと思わないかい？」

「私は、感じ方は人それぞれだと思うけど」

麻琴は首をひねった。

「不登校になったのは、水城さんと一緒に走ってた部員だっていうし……目の前でチームメイトが事故に遭ったなら、ショックも分かるけどな」

「ボクに言わせれば、タイミングがおかしいのさ」

「タイミング？」

「友人が堤防から落ちて危篤状態になり、もしかしたら亡くなったかもしれない――この事故にショックを受けたというなら、まだ分かる。しかし、彼女たちが不登校になったのは、幽霊の噂が広まって以降だ。事故そのものより、幽霊の噂にこそショックを受けるなんて、ボクはむしろ不登校の彼女たちに不人情を覚えるね。本当の友人なら、たとえ相手が幽霊になっても、会いに行きたいと思うものじゃないか？　もっと言ってもいい。不登校になった連中には、幽霊に恨まれる心当たりがあったのかもしれない。それこそ、怯えて学校にも来られなくなるような――家から出られなくなるような、強烈な心当たりが」

「……」

修は、この話が、自分の推理とはかなり違う方向に向かいつつあることを感じた。

御堂が言葉を発するたび、少しずつ、周囲がほの暗くなっていくような錯覚すら覚える。日が暮れつつあるから、窓から射し込む陽射しが翳っていくのは、当たり前のことなのに……。

「三つ目は、蔵元、君が見つけた腕時計だ」

そういえば先ほど、御堂は腕時計に顔を近づけてまじまじと観察していた。

「俺には、何の変哲もないランナーズウォッチにしか見えなかったが……」

「いや、血がついていた」

「そりゃあ、事故があったわけだから」

「位置だよ」

御堂は淡々と言う。

「あの腕時計は、リストバンドの裏に血がついていた。これは妙じゃないか？　落ちた拍子に血がつくとしたら、文字盤かリストバンドか、いずれにせよ表側だ」

「いや、腕に血が流れて、染み込んだのかも……」

「だったら、滲むような跡になっているはずだ。あんなふうに、血飛沫が飛んだようにはならない」

つまり、と御堂は続ける。

「あの腕時計は、落下の衝撃で彼女の腕から外れたものじゃない。彼女が堤防から落ちた時、すでにテトラポッドの上にあったのさ。しかし、それはそれでおかしな話だ。文字盤の裏のロゴから考えると、君の言う通り、母親の形見なのかもしれない。そんな大切なものが、どうしてテトラポッドの上に打ち捨てられていた？」

「それは……」

「もっと言ってもいい。友人の目から見て謙虚な彼女が、見せびらかしていると思われても仕方のないくらい、部活のたびに新品のウェアやタオルを持っていったのはなぜだ？　部員しか立ち寄らないはずの部室で、毎日確実にダイヤルロックをかけていたのはなぜだ？」

　ここに至って修は、御堂の言わんとしていることを大方察した。

　麻琴も、眉を寄せて悲痛な表情をしている。この推理の終着点が何なのか、おおよそ見当がついているのだろう。

「ここから先はボクの推測だが――部内の誰かが、彼女の用具を持ち去っていたんじゃないか？　まぁ要するに、『いじめ』というやつだね。根岸さんが知らなかったところを見ると、他の種目の部員がいない場所で陰湿にやっていたんだろう。ランニング中なんて最適だ。他に人はいないし、水城さんだって、練習と言われたら逃げるわけにもいかない」

「……」

「そもそも、だ。いくら雨風で転びやすい日だったとしても、堤防から真っ逆さまに落ちるなんていうのは、どう考えたっておかしい。気候が悪い時こそ、海辺を走る時は警戒するはずだ。連中は水城さんの目の前で、取り上げた腕時計を堤防の外に投げ捨てたんじゃないか？」

そんなことはありえない——とは言えなかった。

部活動というと爽やかなイメージがあるが、スポーツは本質的に他者との競争だ。そこに学校という閉鎖的な空間が加われば、どこまでも陰湿になり得る。修はそのことを、身に染みて知っていた。

「彼女は慌てた。母親の形見でもある大事な腕時計を、何としてでも拾ってこなければと思った。しかしその日は、あいにくの荒れた天気だった。吹きつける雨風のなか、堤防からテトラポッドの上に降りるのは簡単なことじゃない」

そう言えば、堤防から垂れ下がっていたあの縄梯子は、ひどく心もとなかった。もし雨で縄が濡れて、横から風が吹きつけていたら……身体能力には自信がある修でも、無事に降りることができたかどうか。

「そして彼女は、テトラポッドの上に落ちた——そのこと自体は確かに、事故だろう」

しかし、と御堂は続ける。

「ほとんど連中が、突き落としたようなものさ」

芝居がかった言い方を好むくせ、その時の御堂の口調は、ぞっとするほどに冷ややかだった。

＊

喫茶店「まつお」は夜六時で閉店になる。まだ少し時間はあったが、ギリギリまで粘るのもどうかと思い、修たちは店を出た。

もうあたりは暗くなってきて、行き交う自転車はライトを点けている。不便なもので、この時間になるともう、病院前の停留所にバスは停まらなくなる。病院の最終受付が五時だから、という理由を聞いたことがあるような気がするが、薬を受け取っていると間に合わないことも多く不便だった。しかし赤字だらけの市営バスに文句を言っても始まらない。

修たちはアーケード商店街を抜けたところにあるバス停を目指した。麻琴は自転車で来たので、バス停まで付き合う必要はないのだが、商店街のドラッグストアに寄りたいということで自転車を押して途中までついてくることになった。

「水城さんのお姉さんはおそらく、妹の変調に気付いていたんだろうね」

商店街に入ると、急に暗くなったように感じる。もとは半透明で、夕陽を美しく透かしていたのだろうアーケードも、いまは灰色に薄汚れた天井でしかなかった。

電信柱についている街灯の光が、御堂の肌をいっそう青白く見せている。

「だから、妹が崖から落ちたと聞いた時、真っ先にいじめを疑った。しかし学校側はその事実を否定し、まともな調査すら行おうとしない。これじゃあらちが明かないと思って、自分の手で証拠を集めようとしたんだろう」

「それで、スマホなのね……」

麻琴は頷く。その表情に、真実に至ったという興奮や喜びはなかった。伏せられた目には、悲しみと、見なければよかったものを見てしまったとでもいうような、後悔の色が滲んでいる。

「ああ。メールボックスを見れば、何か分かるかもしれない。しかしスマホにはパスワードがかかっていて、彼女はロックを解除できなかった――ここから先は、蔵元、君の推理と同じだよ」

ただあえて付け加えるなら、と続ける。

「もし彼女が、『スマホのパスワードロックを解除したいからロッカーを見せてくれ』と頼み込んだとしても、学校側は拒否したかもしれない。それどころか、いじめが明るみに出ることを恐れて、マスターキーを使って暗証番号をリセットする可能性すらある。だから彼女は、忍び込むという手段をとらざるを得なかったんだろう」

「……なるほどな」

別に、どちらが真実にたどり着けるか、競っていたわけではない。そもそもこの推理が真相をすべて言い表している確証もない。クイズじゃあるまいし、人の不幸を競争のネタにするなんていうのは、不謹慎だろう。だから修は、悔しいとは思わなかった。

その一方で、なぜ御堂には見えて、自分には見えないものがあるのだろうかと、純粋に不思議に思う。

得た情報は対等だったはずだ。いや、実際に事故現場を見にいったという点では、むしろアドバンテージは修にあった。

しかし、修は表面をなぞっただけだった。その背後にある、暗澹とした色の核心に触れたのは、御堂だった。

麻琴はドラッグストアの前で、自転車を止めた。

「じゃあ、私はこれで」

「ああ。もう暗いし、気をつけろよ」

麻琴を見送り、修と御堂は日の落ちたアーケード街を歩いていく。よほど客が来ないのか、酒屋のカウンターに頬杖をついて眠たそうにしている中年の男性が、体格の良い修と銀髪の御堂の組み合わせを物珍しげに眺めていた。

「……御堂」

「なんだい？」

「さっき言ってた、純粋っていうのは、どういう意味だ？」

修が訊ねると、なんだそんなことか、というふうに御堂は小さく笑って答えた。

「言葉通りだよ。他意はないさ。だからスマホのことも、想い出のサルベージとか、最期に友人と会わせるとか、そういう発想になったんだろう。別にそれをロマンチックと笑うつもりはないよ。むしろ考え方としては、まっとうさ」

「しかし、そうなると、お前は純粋じゃないってことか？」

「まぁ、そういうことになるね」

夕暮れ時なのに道行く人のまばらな商店街は、炭鉱街から始まったこの町が、その歴史のなかで黄昏（たそがれ）に差し掛かったことを思わせる。書店を通りかかり、ガラス越しに店内をちらりと見ると、棚の半分以上が空いていた。小さな玩具屋には明かりすら点（とも）っておらず、暗いショーウィンドウに並べられているのは、何年も前に放送された子供向け特撮番組のキャラクターの人形だ。御堂の場違いな銀髪は薄闇に揺れて、自動販売機の煌々（こうこう）とした光を跳ね返していた。

「……じゃあ、そんな疑り深い男に一つ、聞きたいことがある」

「なんだい？」

「俺にはどうしても分からないんだが——どうして連中は、水城さんのことを攻撃してたんだ？　そんなことをしたって、自分がインターハイに出られるわけじゃない。第一、水城さんの家は裕福で、いくら用具を盗んでも翌日には新しいものを準備できるんだ。邪魔したって何の意味もないこと、連中だって分かってたはずだろ」

そう訊ねると、御堂は「なんだそんなことか」といった様子でつまらなそうに答えた。

「蔵元。君は確か、腕時計の落ちていた周囲には、ゴミが散乱していたと言ったね」

「ああ、それがどうしかしたか？」

「どんなものがあった？」

御堂にどんな意図があるのかは分からないが、とりあえず思い出してみる。

「確か……タオル、タンブラー、服もたくさんあったな。ハーフパンツとか、Tシャツとか」

そこまで言って、修は足を止めた。

同じ部活の後輩なのだ、まさか、そこまで……。

「蔵元、想像してみたまえ。父親の経営する会社が誇りを持って製造しているハイブランドのトレーニングウェアが、ゴミ同然にテトラポッドの上で雨風に晒されている様子を」

「……」

「校内のゴミ箱やら便器に捨てるだけだったら、回収されたらおしまいだ。それに、さすがに学校側だっていじめの事実を無視できなくなる。しかし海岸に放置されていたら、何も知らない者から見たらただの不法投棄だ。それでいて、テトラポッドの上のゴミなんてそうそう回収できるものじゃない。つまり、いじめとは認識されにくいわりに、知っている者から見たら、いつまでも笑える。海沿いの道をロードワークするたび、楽しむことができる。たとえ彼女を追い抜くことができなかったとしても、生意気な一年生が苦痛に顔を歪めるのを想像して、ざまあみろと溜飲（りゅういん）を下げることができる。

君はさっき、自分に得があるわけでもないのに、なぜ連中は水城さんに悪意を向けていたのかと訊ねたね？　答えは、いたって単純さ」

御堂は修の耳元で、まるで世界に残された最後の秘密を囁くかのように、声をひそめて言った。

「弱い立場の人間を、一方的にいたぶるのは、楽しいんだよ」

＊

アーケードを抜け、小さな橋を渡ると、夕闇のなかに佇む停留所に行き着く。

ベンチなんていう気の利いたものはないので、立っているしかない。御堂は錆びたフェンスに寄りかかって、まだバスの来る気配のない県道を手持ち無沙汰そうに眺めている。

「この前も思ったんだが……お前、どうしてここまで分かるんだ？」

嫌なやつだ、という第一印象はいまだ覆らない。しかし御堂は、前回の集団カンニング疑惑に続いて、今回の幽霊騒動も真相に近づいたように見えた。記憶力もさることながら、思考力や観察力という点でも、やはり非凡に思える。

「ボクが、物事の裏側まで見抜ける理由かい？」

「ああ」

「もちろん、裏があると知っているからさ」

「いや、だからその理由を……」

「裏側に何があるのかは、後から考えればいい。肝心なのは、そもそもすべてには裏があると認識することだよ。それを心に留めておくだけで、ものの見方はずいぶんと変わってくる」

すでに空は橙色が二割、群青色が八割といったところだ。墨を水で溶いたような薄闇に、シャツからのぞく御堂の白い肌が彫像のように映える。

「なんというか……ずいぶんと悲観的な見方だな」

「合理的な見方だよ。身を守るためにも、警戒水位を高めておくに越したことはない」

「身を守れなかったことが、あるのか？」

その質問に、御堂は答えなかった。どう答えようかと考えているのではなく、問いかけに対して沈黙で応じたことは、億劫そうに暗い山際を見上げるその目の動きで察せられた。

「……すまん。変なこと聞いたな」

「――君がうらやましいよ」

御堂は唐突に言う。

そこに、揶揄するような響きはない。しかし、突き放すような冷たい声だった。

「君が無警戒でいられるのは、何かあっても自分の身は守れるという自信があるからだろう？　それだけじゃない。いざという時は力ずくでどうにでもなると思ってる。たとえばの話、君がその気になれば、いまここでボクを殴り殺すことだってできる」

「殴り殺すって、お前」

「この前、ボクのことを屋上に呼び出したよね？　その時ボクは、君にひどいことをされるんじゃないかと思った。膝蹴りで鼻をへし折って、脇腹をすくい上げるように殴って、倒れたら上から踏みつけて——もうやめてくれと、泣いて懇願するボクの顔を、サッカーボールみたいに蹴り飛ばすつもりなんじゃないかと思った」

「するはずないだろ、そんなこと！」

思わず、鋭く叫ぶ。

俺は、柳瀬ではない。

もう二度とあんな男の支配を受けないために、血反吐（ちへど）を吐いて心身を鍛えてきた。身に降りかかる理不尽な暴力を跳ね返せるように、目の前で苦しんでいる人を見捨てないで済むように、強さを手に入れたのだ。

「いや、悪かったね。君を貶（おとし）めたいわけじゃない。ボクが言いたかったのは、つまり——君がそういう人間ではないという究極的な保証を、ボクは決して得られないということだ」

「そんなの……」

「ああ、教師も、親も、兄弟も、みんなそうだ。何せ人間は生きている限り、何だってするんだからね」

その時、修は思った。

こいつは、他人の善性に期待していないのだ。

人が倫理や道徳に基づいて動くということを、正しい行いをするということを、こいつははなから信じていない。その諦観こそが、あの人を食ったような薄い笑みの正体なのかもしれない。

戯曲を書いたり、役者として舞台に立っているぐらいだから、ただの厭世的な実際家というわけではないのだろう。単純に警戒心が強い、というのとも少し違う気がする。

……あるいは過去に、人を信じられなくなるような何かが、御堂の身に振りかかったのだろうか。

御堂は押し黙ったまま、車道の先をじっと見つめている。

そこには夕闇しかないというのに。

そんなに祈らなくてもバスは来るぞと言ってやろうと思ったが、結局、言えなかった。

ワンラウンド・カフェ

修が視聴覚室に入ると、すでにパイプ椅子は八割方並べ終わっていた。

「もう来てたのか、早いな」

「うん、今朝ちょっと早起きしちゃったから」

麻琴は額に大粒の汗を浮かべている。八月一日、いくら窓をすべて開け放しているとはいえ、暑いものは暑い。吹き込む風は校庭の砂の混じった熱風で、涼をとる効果はほとんどなかった。

「無理するな、ちょっと休んでろ」

「平気平気」

麻琴は首を横に振って、両手でパイプ椅子を一脚ずつ持ち上げる。

その様子を見て、麻琴がクラスの男子たちから人気がある理由が分かる気がした。もちろん、容姿は優れている。あふれるように広がる豊かな甘栗色の髪とわずかに垂れた優しげな目尻、進んで前に出るわけではないけれど芯のある佇まいは、どことなく、童話に出てくるお姫様を思わせた。しかし麻琴がそういったお姫様と違うのは、とにかくよく働くということだ。アリとキリギリスでいうところのアリ、しかもキリギリスのための蓄えまであらかじめ用意しておくような優しいアリである。

「じゃあ、俺はプロジェクターの調整の方をやっとく」

「あ、もうやっておいたから大丈夫」

麻琴はリモコンを操作して、スクリーンに民放のニュースを映す。一ヵ月前に東京の私鉄で起きた大規模な鉄道脱線事故について、アナウンサーが解説しているところだった。

「じゃあ、パンフレットの――」

「あそこのダンボールのなかに、それぞれの学校ごとに小分けして置いてあるよ」

「受付――」

「A3の一覧表にして、入口横の長机に貼っておいたよ。スタッフは三人だけだし、各校の代表者に自分たちでマルをつけていってもらおうと思う」

「……準備、ほぼ終わってるな」

「そうかもね」

麻琴はこともなげに言う。

「お前は、あれだな。部活連絡会役員の申し子だな」

「何それ」

くすぐったそうな笑い声が漏れた。

「確か、料理とか洗濯とか掃除とか、昔から得意だったよな」

「そうだね。お店のお手伝いは、よくやってたし――」

その時、スクリーンのなかで大きな音が鳴り響いた。

どうやら、事故の再現VTRが流れていたらしい。映像はすぐに切り替わって、今度は犠牲者に関する情報がテロップで流れた。一〇〇人を超える犠牲者のなかで、素性が分からなかった最後の一人の身元が判明したという。

「これ……ひどい事故だったみたいだね」

「ああ。特急の運転手がスピード出し過ぎたらしいな」

新たに身元が判明したのは四〇歳のライターだと、アナウンサーが伝えていた。池袋のシェアオフィスから帰る途中だったという。フリーランスで、定期的に連絡をとる取引先もいなかったから、彼が亡くなったことにすぐには誰も気付かなかったらしい。同じシェアオフィスを使っていたライター仲間が、さすがに一カ月も姿を見せないのはおかしいと思って警察に問い合わせ、素性が分かったという。そのライター仲間は番組のインタビューに、いつもはもっと早い時間の電車に乗るはずなのに、なんでこの日に限って……と無念そうに答えていた。

「この電車……私、子供の頃乗ったことある」

麻琴はじっとスクリーンを見つめながら、ぽつりと言った。

「これって東京から郊外に延びてる私鉄だろ？」

「まだ六歳の時だったけど。お母さんと一緒に、もともと住んでた町からこっちに引っ越してくる時、東京まではこの特急を使った気がするの。うん、間違いない。私は電車があんまり好きじゃなくて、駅でずっとぐずってたんだけど……確かこの黄色い特急を見た途端に、かわいいかわいいって、はしゃいだ記憶があるから」

「白瀬ってこっちの生まれじゃないのか？」

「うん、北関東の方」

でも懐かしいなぁと、麻琴は想い出に浸るように言った。

「私は電車のなかで、お母さんに、『これからどこに行くの？』って何度も聞いたの。かわいいよね。町や土地の名前を聞いたって、六歳の子供が分かりっこないのに」

「おふくろさん、何て答えたんだ？」

「穏やかで暖かい場所」

それは最近、麻琴の口から聞いたフレーズだった。彼女としても、お気に入りの言葉なのかもしれない。

「しかし、このN県を『穏やかで暖かい場所』と言うのは……」

「まぁ、嘘っぱちだよね。着いてみて、だまされたー、って感じ。お母さん、私が寒いところ苦手なの知ってたから、誤魔化すためにそんなこと言ったんだと思う」

夏の暑さは東京とほとんど変わらないくせ、冬は凍えるほど寒いうえに馬鹿みたいに雪が降る。ついでに梅雨時と一〇月は晴れる日がほぼない。

「でもね、最初に家を見た時、寒さなんて吹き飛んじゃうぐらい、すっごく嬉しかった。二人だけの家なんだよって言われて、もう何度も跳びはねた」

そんな苦労を重ねて、ようやくスナックが軌道に乗ったと思った矢先、麻琴の母親は交通事故に遭った。

やりきれない思いでいっぱいだろう。

「しかしおふくろさんも安心だろうな。こんなしっかりした娘がいるんだから。俺も親によく、ボクシングばっかりやってないで、お前を見習えって言われるよ」

「……そんなこと」

麻琴は何か言いたそうに修の方を見た。

「ん、どうした？」

麻琴は小さく息を吐く。そして、首を横に振った。

「ごめん、なんでもないの。もうすぐ開場だから、準備しよっか」


その二〇分後に御堂が重役出勤してきて、一時間後には参加予定の全校が集合した。

そしていよいよ、上映が始まる。

真夏の視聴覚室。気温三七度、湿度八〇パーセント。しかも窓は閉め切って暗幕を引いている。

そんな地獄のような状況でも、様々な学校の制服を着た五〇人近い高校生たちは、パイプ椅子にじっと座っていた。みなタオルやハンカチで必死に汗をぬぐいつつ、スクリーンに映し出されている映像を凝視している。

そして修は、並べられたパイプ椅子の最前列――「審査員席」と書かれた長机の前――に御堂、麻琴に挟まれる形で座っていた。麻琴は暗闇のなかで熱心にメモをとり、御堂はいつになく真剣な表情で、とある一組の夫婦が産婦人科の待合室で見つめ合っているシーンを観ていた。

まさか人生で、アマチュア映画の審査員をやる日が来るとは、夢にも思わなかった。

＊

エントリーされた六本のうち三本の上映が終了して休憩に入ると、会場にいた人たちはいっせいに水を飲み始めた。修は連絡会事務室に戻ってきて、ソファにへたりこむ。

アマチュアボクシングは三ラウンドまでだが、以前大阪のジムに出稽古に行ってプロとスパーリングをやらせてもらった時は、八ラウンドまでやったこともある。しかしいまは、その時の全身に鉄の重りが括り付けられたような肉体的な疲労感とはまた違う、燃え尽きて灰になってしまったような気怠さが、噴き出した汗とともに全身を覆っていた。

「……なぁ、御堂」

「なんだい」

御堂はこの暑さでだいぶ参っている様子で、しきりにハンカチで額をぬぐっている。しかし、審査シートのメモ欄に色々と書き込んでいるあたり、審査員を引き受けたことの責任感のようなものが感じられた。

「最後のあれ、おもしろかったか？」

「……映画にかかわらず、およそ〝作品〟というものは多面的かつ多元的な解釈が許される。すべてが商業主義に侵されつつあるこの時代、『おもしろさ』というのは、確かに重要な指標の一つだ。芸術性を志向して作成したということが、エンターテインメント性の欠落を容認する理由にはならない。しかし、それでもなお、『おもしろさ』が作品を評価するうえでの絶対的な基準であるかというと、ボクは違うと考える」

「……それで、お前の評価はどうなんだよ」

「八点」

修は手元の審査シートに視線を落とす。満点は、一〇〇点となっていた。

「まぁ、駄作だね。まぎれもなく、文句のつけようのない、正真正銘の駄作だ」

「さいですか」

「あれでよく予備審査を通ったよ。まぁ、予備審査は三分間のダイジェスト版のみを見るから、よほどうまく編集したんだろう」

修はソファにもたれかかり、天井を仰いだ。つまり修たちは、あの灼熱地獄のような視聴覚室で、必死に汗をぬぐいながら「正真正銘の駄作」をありがたく鑑賞していたというわけだ。

「しかしそれにしちゃあ、お前、真面目に観てたな。メモもずいぶん書き込んでるようだし」

修はペットボトルのミネラルウォーターを飲み干し、シャツを第二ボタンまで開けると、「水島市高校映画祭　六〇周年」のパンフレットを必死にあおいで襟元から空気を送り込む。

「君のような芸術と縁のない人間には分からないだろうが、映画制作っていうのはそれなりに手間のかかるものだ。出来不出来はともかく、一応、審査の体を取らないと作った側も納得できないだろう」

「二人とも、ホントにごめん……私が安請け合いしちゃったばっかりに……」

麻琴はひどく申し訳なさそうに頭を下げる。

「白瀬のせいじゃない。空調が壊れたのは不可抗力だし」

あんなつまらないものが出てくるなんて誰も思わない――と言いかけてやめる。修と御堂の意見は一致したし、麻琴にしたって、まさかアレを手放しで褒めるようなことはないだろう。審査の大勢が決した以上、いたずらに貶めるのは、さすがに申し訳ない気がした。

「そうだね」

御堂も神妙な表情で頷いた。

「元はと言えば、映画研究会の失態が招いた事態だ。それをフォローしてもらっているんだから、ボクは芸術系の部活を代表する身として、むしろ麻琴にはお礼を言わないといけない。

「まぁ、あんな頼まれ方したら、引き受けるしかないよな……」

修はそう呟きながら、昨日、映画研究会の部長から聞いた説明を思い出す。

水島市高校映画祭——毎年八月に開催される、全国の高校生を対象とした映画コンクールだ。企画から審査まで、大会運営をすべて現役の高校生が担うところに特徴がある。事務局は水島市にある各高校の映画研究会が持ち回りで務め、今年は英印高校がホスト校だった。形式はいたってシンプルで、参加者全員の前で作品を上映したあと、ホスト校から選出された審査員が話し合って授賞作を決めることになっている。

賞金が出るわけでもないローカルの大会だが、過去には日本アカデミー賞を獲った名監督や、朝の連続ドラマで主役を演じた人気女優などを輩出しており、界隈(かいわい)での注目度は意外と高い。特に今年は、後援として東京の有名な広告代理店の名前が入っており、最優秀賞を獲った作品の出演者と監督には声がかかるという噂もあった。その道でプロを目指す高校生たちがこぞって挑戦しており、予備審査を含めると一〇以上の作品が集まっている。

だから、何としてでも、開催しないといけない。

そう——何としてでも。

たとえ、本来審査員を務める予定だった映画研究会の部員たちが、前夜祭と称して食べに行ったファミレスで生牡蠣にあたり、全員がダウンしてしまったとしても……。

昨日の夕方、部長の佐久間は青ざめた顔で連絡会事務室に現れ、そのようなことを力説したあと、あっけにとられた麻琴に向かって「――後は頼む」と言って倒れてしまったらしい。

そういうわけで、部活連絡会がコンクールの審査員を代打でやることになったのだった。

「でも、慎司くんがいてくれて本当に良かった。私と修だけじゃ、どうにもならなかったと思う」

麻琴はしみじみと言う。

「まぁ、確かにな……」

各校の映画研究会の部員たちが長い時間をかけ、丹精込めて作った作品である。本来、いきなり素人が代打で審査員をやると言っても、参加者たちを納得させることは難しかっただろう。

しかし幸い、いまの部活連絡会には御堂がいる。

映画と舞台、ジャンルの違いはあれど、その道で天才と呼ばれている男だ。その名声は、修が思っているよりもずっと広く知れ渡っているらしい。御堂を「審査委員長」に置くことで、参加者たちからの理解はあっさりと得ることができた。

修は手元のパンフレットを読み返してみる。

テーマは毎年ホスト校が指定することになっていて、「恋愛」や「ホラー」などのジャンル指定から、最近では「ドローン撮影」や「ワンカット」といった技法的な縛りまで、様々なパターンがあるらしい。今年は「ドキュメンタリー」というジャンル指定に加えて、大会六〇周年を記念して「六〇分ジャスト」という上演時間がレギュレーションになっている。

「しかし、残り三作品か――」

つまり、あの灼熱地獄でもう三時間……。

修が暗然たる気持ちになったその時、連絡会事務室の扉が控えめにノックされた。

「どうぞ、開いてますよ」と麻琴が応じる。

事務室に入ってきたのは、黒縁の丸眼鏡をかけた茶髪の男子生徒だった。英印高校の制服ではなく、紺色のブレザーを着ている。おそらく、この映画祭にエントリーしている他校の生徒だろう。

「慎司！」

茶髪の男子生徒は、修や麻琴ではなく、部屋の奥にいる御堂に向かって呼びかけた。すると御堂は驚いたように立ち上がった。

「なんだ雨宮、君も参加していたのか。午前中は会場にいなかっただろう？」

「相変わらずの記憶力だな」

雨宮、と呼ばれた生徒は人なつっこい笑みを浮かべた。どうやら知り合いらしい。

「午後の三番目——つまりトリが、俺の監督作品だ。こう言っちゃあなんだが、自信作だよ」

修はパンフレットを読み返してみる。今日の最後に上映される作品は「ワンラウンド・カフェ」という題名だった。監督名まではクレジットされていないが、「制作・私立明応高校」と記載されている。東京の有名な進学校だ。

「で、監督様が一体何の用だい？　ここは審査員の控え室だぜ。先に言っておくと、賄賂は受け取れないよ」

御堂は気安い口調で言う。

「いや、差し替えをお願いしたくてね」

雨宮はそう言うと、ポケットからＵＳＢを取り出した。

「差し替え？」

「ほんの少しだけど、編集に不備があったのを見つけたんだ。だから午前中は欠席して直してたんだよ。せっかくなら、最高のものを上映して欲しいと思ってね。大会規定を確認したけど、別にレギュレーション違反じゃないはずだぜ」

上映するデータは、事前に郵送で各映画研究会の部長から託されていた。それをこのタイミングで差し替えて欲しい、ということなのだろう。パンフレット巻末の大会規則集を確認してみると、審査開始の予定時刻の一時間前までであれば修正版との差し替えを認める旨が確かに記載されていた。

「ああ、そういうことなら、構わないよ。そこのゴリラに渡しておいてくれたまえ」

「誰がゴリラだ」

とはいえ位置的に、雨宮に一番近いのは修だ。

修がソファから立ち上がって近づくと、雨宮は修の顔をまじまじと見つめた。身長差が二〇センチ近くあるので、自然と雨宮が修を見上げる形になる。

「君、審査員？」

「見えないかもしれないが、一応な」

正直なやつだなと思いながら、修はＵＳＢメモリを受け取った。

「映画、よく観るの？」

「……まぁ、それなりに」

代打とはいえ、さすがに審査員席に座っている手前、あまり観ないとは言えない。

「好きな映画は？」

「『ロッキー』」

「へぇ、いいね」

メジャーすぎて、てっきり馬鹿にされるかと思ったが、そんなことはなかった。

「じゃあ、『クリード』は観た？」

「ああ。そっちもボクシングシーンがリアルで良かったな」

「……もしかして、ボクシングやってる人？」

「まぁ、一応」

雨宮の表情に、一瞬不安の色がよぎったような気がした。もっとも、自分の仏頂面と体格が、初対面の人に威圧感を与えてしまうことは重々承知している。そこにボクシングが加わったら、怖いと思われても仕方ないかもしれない。

「そうなんだ、確かに腕が太いね――あっ、修正前のやつを回収してもいいかな？　念のため、間違えないようにね」

「ああ」

規定では審査後に映像の入った媒体ごと返却することになっていたので、忘れないうちに返しておいた方が確実だろう。

「これだな」

「悪いね、手間をかけさせちゃって」

雨宮は一瞬、心の底からほっとしたような表情を見せた。修正が間に合って安堵したようだ。

「それにしても、面倒くさがりやな君が直前まで作業するなんてね。ずいぶん気合いが入ってるじゃないか」

御堂が意外そうに言う。

「まぁ、クラウドファンディングで資金を集めて作った作品だからね。変なものは出せないよ――じゃあ、また後で」

「ああ」

雨宮は右手を上げると事務室から出ていった。

徐々に遠くなっていく足音を聞きながら、修は御堂の方を振り返る。

「感じのいいやつだな」

「雨宮は昔から、あんな感じだよ」

「付き合いは長いのか？」

「まあね。最初に会ったのはちょうど四年前かな。ロンドンのインターナショナルスクールで一緒だったんだ。向こうに日本人は少なかったから、よく話したよ」

御堂は懐かしむように言う。よくこの我の強い男と四年も付き合ってられるなと、修は雨宮の度量の大きさに尊敬の念を抱いた。

「しかし、雨宮がエントリーしてるとなると、他の作品はなかなか厳しいね」

御堂はパンフレットをぱらぱらとめくりながら言う。

「けっこう有名なやつなのか？」

「確か、いくつか賞を獲ってるはずだ。実際、雨宮はいい映画を撮るよ。ドキュメンタリーは得意分野だったはずだし、どんな作品なのか興味深いね」

ひねくれ者の御堂に「興味深い」と言わしめる雨宮の作品がどのようなものなのか、修としても気になるところだ。

手元のパンフレットを読み返してみる。「ワンラウンド・カフェ」のキャッチコピーは、「あなたのことを、聞かせて欲しい」だった。

＊

午後の一本目は北海道知床(しれとこ)の環境破壊、二本目はシングルマザーの貧困問題をテーマにしていた。どちらも作り手の強いメッセージを感じさせる作品で、午前中よりも総じてレベルが高かったように思える。しかし、こういうタイプの作品に慣れていない修からすると、少しばかり鼻白むというか、正直に言って説教臭いという印象だった。

そして、今日最後の映画――「ワンラウンド・カフェ」の上映が始まる。

一風変わった映画だった。いままでの作品とは違って、主題がはっきりと提示されているわけではない。主題どころか、明確な「筋」と呼べるようなものすらなかった。ブレザーを着た男子生徒が、駅前で適当に声をかけた人を喫茶店に連れていき、「これまでの人生で忘れられないこと」を聞く――それを六〇分ひたすら繰り返すだけの作品だ。

分かりやすい山場も窮地もなく、会話が淡々と進んでいく。喫茶店に連れられてくるゲストたちも、それこそ映画のように波瀾万丈の人生を生きてきたというわけではない。二浪のすえ大学受験に成功した、旅先でノロウイルスにかかった、仲の良かった同期が自分より三年早く課長に昇進した、剣道の大会に竹刀を忘れてしまった、外資系航空会社の飛行機に乗った時に一目見たCAが息を呑むほど美しかった……そんな感じだ。しかもみな喋り慣れているわけではないから、話は様々な方向に広がっていって、はっきり言って要点を摑みにくい。しかし、わざとらしさのない朴訥な会話は、これまでの作品よりもずっとなめらかに響いて、頭のなかにすんなり入ってきた。

上映が終わったあと、修たちは審査のすり合わせのため、いったん事務室に戻った。

「さすがに長かったな……」

ペットボトルの水を飲みながら、修はぽつりと言った。

「ちなみに俺は、『ワンラウンド・カフェ』を推すよ。後半ちょっと間延びしたというか、退屈な感じもしたが、それでも六本のなかじゃ一番良かったと思う。何て言うか、しっくりきた」

「うん、私も同じかな」

麻琴も同意する。

「何て言うかな——出てくる人たちみんなおもしろいんだけど、『ああ、確かにこんな人いるよね』っていうぐらいの自然さが良かった」

麻琴の言いたいことは、修にもよく分かった。どこにでもいそうな人たちが、自分の人生を振り返り、彼らなりの忘れられない瞬間を時には興奮気味に、時にはしみじみと話す様には共感を覚える。

「でも、ちょっと他の作品には申し訳ないよね」

「それは仕方ないだろ。最優秀作品を一つしか選べない以上」

「ううん、そういうことじゃなくて」

麻琴は首を横に振って補足した。

「他の作品、すごく手間がかかってたと思うの。特に午後最初の、自然破壊をテーマにした作品なんて、知床に何日も泊まり込んで撮影したんだと思う。もちろん、プロセスは関係ないって言ったらそれまでかもしれないけど……こういう高校生向けのコンクールなら、そっちを評価してもいいのかなって」

「ああ、なるほどな……」

確かに「ワンラウンド・カフェ」は、アイデアの妙(みょう)というか、発想のオリジナリティで勝ったような印象がある。

「いや、そこは考慮しなくてもいいと思うよ」

御堂は採点シートをじっと見つめながら言う。

「分かりやすい派手さはないけど、『ワンラウンド・カフェ』も、準備には相当手間がかかったはずだ。たぶん、あの一九本のインタビューシーンを撮るために、一〇〇本近くは撮ってると思う」

「一〇〇本？　すごいな……」

やってやれないことはないかもしれない。しかし、自主制作映画にそれだけの情熱を傾けられる人間は、世のなかにそうそういないだろう。

「編集もうまい。ああいうインタビューもののドキュメンタリーは、実は編集が肝になるんだ。撮ったものを漫然と流しているだけじゃ退屈だし、いじりすぎたらノンフィクションの意味がなくなる。それに、あのインタビュアーも、とぼけてるように見えてかなり訓練を積んでるはずだ。総じて、手間がかかった作品だよ」

御堂の説明に、修は素直に感心した。

ボクシングだって、何も知らない人から見れば、ただの殴り合いかもしれない。しかし、「ボクシング」と「ただの殴り合い」の間には、技術という面でも競技としての洗練度という面でも、天と地ほどの差がある。それと同じことなのだろう。

「ちなみにボクも、『ワンラウンド・カフェ』が一番良かった。もちろん、ひいき目なしでね」

「じゃあ、最優秀賞は決まりだな」

修が立ち上がって、ホワイトボードに向かおうとした時、御堂が「いや、待ってくれ」と制止した。

「一つだけ、気になることがある」

「どうした？」

「大会規則の第七条だ」

確認のため、修はパンフレットの巻末を開いた。

大会規則　第七条

ドキュメンタリー作品の場合、その趣旨から、映像および音声を改変することを禁じる。とりわけ、出演者や取材対象に対する恣意的なイメージ付けを狙った改変については、発覚次第、審査の対象外とする。

「この規則自体は、まぁ、おかしなものじゃない。たとえば誰かをインタビューした結果、監督が『これじゃあ退屈だ』と思って、本人が言ってもいない言葉を勝手に付け加えたとしたら、明らかにドキュメンタリーの精神に違反する」

「つまり『ワンラウンド・カフェ』がこの規則に引っかかるってことか？」

「断言はできないけどね。もしボクの記憶が正しいのなら、その意図はともかく、映像に加工された箇所があることになる」

御堂はそう言うと、PCの電源を入れた。USBメモリを差し込み、メディアプレイヤーのアプリを立ち上げる。そして映像を早送りすると、最初のゲストである男子大学生が喫茶店の席に着いたところで、一時停止させた。

「ここだ」

御堂は、画面の背景――喫茶店の壁を指さした。

「壁がどうかしたか？」

「ここに、背景を加工した跡がある」

修と麻琴は、ノートPCの小さなディスプレイに顔を近づける。

しかし、少なくとも修には、不審な点は見つからない。

「……どこだ？」

「壁が木目調になっているだろう。画面右端から三ブロック目の部分だ。木目が微かに歪んでいる箇所があるのが分かるかい？」

「ちょっと待て――ああ、なるほど」

確かに、木目調のタイルがほんのわずかにズレていた。とはいえ、それは「内装業者だってそこまで手先が器用な人ばかりじゃないだろうし」と言いたくなるような、ほんのわずかなズレだ。麻琴も、「うーん、どうかな……」といぶかしげに首をひねっている。

「気にしすぎじゃないか？」

「いや、記憶と食い違うんだ」

御堂はきっぱりと言う。

「慎司くん、ここに行ったことあるの？」

「東京に住んでいた時、よく行ったよ。マスターが芝居好きで、たまに小さな公演をやっているんだ」

確かに、ピアノを置いてある奥の方のスペースをうまく使えば、小演劇ぐらいはできそうだった。

「というかお前、東京にいたことあるんだな。どうしてロンドンに行ったんだ？」

何気なく訊ねた質問だったが、御堂はひどく嫌そうな顔をして、「そんなこと、いまはどうでもいいだろう」と言った。

「ボクの記憶だと、壁のこの部分は、こんなふうに広く空いていなかったはずだ」

こいつの記憶力は、ただ物覚えが良いという次元ではない。一度見たものは、まるで写真を見返すかのように完璧に思い出すことができる。

「ちなみに、何があったんだ」

「――鏡だよ」

御堂はいまいましそうに言う。

「小さかったけど、確かに鏡があった。しかも壁にはめ込むタイプだったから、簡単には外せないだろう」

御堂の鏡嫌いは、尋常ではない。夏休みに入る前の幽霊騒動でも、御堂は女子陸上部の部室で鏡を見てしまって、意識を失いかけた。

「単純に改装したんじゃないか？」

「ありえなくはないが……かなり年季の入った喫茶店だ。映像で見た限りだと、金具の外れたカウンター席のスツールやら、色の剝げた天井やら、ボクが通っていた時と変わらないオンボロぶりだった。改修するなら優先するべき箇所は他にいくらでもある。逆にレトロな雰囲気を残したいなら、あの鏡は残すはずさ。フレーム部分に蔦と鳥のレリーフの入った、かなり凝ったつくりの鏡だったからね」

「あ……もしかして慎司くんのためじゃないかな？」

麻琴がひらめいたように胸元で小さく手を叩いた。

「……ボクの？」

「雨宮くんは、慎司くんの昔からの友達なんだよね？　だから、慎司くんが審査員になるって知って、あわてて画面から鏡を消したんじゃない？」

「確かにそう考えれば、雨宮が突貫で手直ししたっていうのも納得がいくな。良いやつじゃないか」

御堂も含め、部活連絡会のメンバーが審査員になると決まったのは、映画研究会の佐久間が頼みにきた昨日の夕方のことだ。それからメールで審査員の変更が伝えられたと聞く。

「いや、それはないよ。確かに雨宮は、ボクの鏡嫌いのことを知っている。そして、ボクは写真や映像のなかにある鏡であれば問題ないし、あいつもそれを分かっているはずだ。とにかく、審査はいったん保留しよう。加工の意図をはっきりさせないことには、最優秀賞は出せない」

雨宮に事情を聞いてくるよと言って、御堂はソファから立ち上がった。

＊

結論から言うと、御堂の選択は正しかった。

御堂が会場に残っていた雨宮に質問すると、彼は「あれ、本当に？　編集のコが勝手にやったのかなぁ」と何気ない様子で答えた。しかしその一瞬彼の表情が変わったのを、修は見逃さなかった。それは、強烈なボディブローを受けたものの、痛みを相手に悟られまいと必死に平静を装うボクサーの表情に似ていた。

「雨宮、悪いね。念のため、その編集のスタッフに連絡とってもらっていいかな？」

「……仕上げの処理は、ロンドンの友達にも手伝ってもらっていてね。もしかして、気を利かせてくれたのかもしれない。いずれにせよいまは時差で連絡がつかないと思う」

「だったら明日でいいよ。受賞結果はあらためてメールで送る」

御堂は平然と言ったが、受け止めようによっては、それは屈辱的な言葉かもしれない。もともと審査結果は、今日中に発表される予定だった。それを、雨宮の確認を待ってからに延期するというのは、すなわち「審査員としてお前を疑っている」という意思の表明に他ならない。

実際、雨宮は一瞬食ってかかるように気色ばんだが、結局は「――ああ、分かったよ」と従順に頷いた。

そして、参加者たちが全員帰って視聴覚室が空になったあと。

御堂は何も映っていないスクリーンを見つめながら、ぽつりと言った。

「来週のどこかで、あの喫茶店に行ってくるよ」

「え……い、行くの？」

麻琴は慌てたように言う。

「でもあの喫茶店、東京にあるんでしょ？」

「場所は池袋だ。上野まで新幹線を使えば、半日で行って帰ってこられる。雨宮の返事を待ったところで、あの様子じゃ、本当のことを言うのかどうかも分からない」

御堂はこともなげに言う。

「それにしたって、わざわざ行くことないだろ」

修は言った。

「なんだったら、俺が東京の知り合いに連絡をとるよ。そいつに見てきてもらえばいい」

しかし御堂は、首を横に振った。

「いや、鏡があるかないかだけを確かめても、意味がない。肝心なのは、雨宮が鏡を消した意図だ」

「審査をフェアにやりたいっていうのは分かるが……気にし過ぎじゃないのか？　たとえば、演出上の意図があったとか」

「だったら、さっき素直にそう言ってるはずだ。『ロンドンの友達』なんて下手な嘘をつかなければいい」

「嘘とは限らないだろう」

「嘘だよ」

御堂は見透かしたような口調で続ける。

「海外に頼むぐらいなら、よっぽど優秀なスタッフなんだろう。そんなやつが、あんな杜撰な加工処理をするとは思えない。あれは間違いなく、素人が短時間でやっつけた仕事だ。実際、昼休みに雨宮は作品の差し替えに来ただろう？　午前中に突貫作業で直した箇所があると言っていたが、それが例の箇所だと考えるのが妥当だ」

しかも、と御堂は言う。

「そのスタッフとやらの名前を聞けば、ボクからでも簡単に裏どりはできる。とっさの嘘としては下の下さ。それぐらい焦るほどの事情が、あの背景処理にはあったんだろうね」

「……なるほどな」

しかし一方で、よくこれだけ、海外にいた頃からの友人を疑えるものだとも思う。

「じゃあ、審査結果は日をあらためて話そう。確認が終わったら連絡するよ」

「ちょ、ちょっと待って！」

立ち上がった御堂を、麻琴は慌てたように呼び止めた。

「私は修学旅行でしか東京に行ったことないんだけど……テレビで見てると、池袋ってお洒落な街だから、そこらじゅうに鏡があるんじゃない？」

「ずっと足下を見ていればいい。土地勘もあるから、大丈夫さ」

「そんなの危ないよ……」

修はふいに、二週間前、御堂が倒れた時のことを思い出す。顔は青ざめ、一人では歩くこともできない状態だった。そして、これは田舎者のやっかみかもしれないが、東京の路傍で同じ状況になった時に助けてくれる通行人がいるとも思えなかった。それが横断歩道の真んなかであれば、あるいは命にだって関わるかもしれない。

「私が一緒に行ってもいいんだけど……お母さんのことがあるし」

その時、修はふと、自分の来週の予定を思い出した。

ちょっと待てよ、来週と言えば、確か……。

修はスマホを取り出し、一週間ほど前にチケットを購入した、格闘技イベントの詳細を確認する。

ASHURA祭　吉田神鋼　VS　サミュエル・ドーキンス
八月五日（月）一九時開場　埼玉ビッグホール

やはりちょうど来週で、場所は埼玉だ。会場と池袋との地理関係は分からないが、東京から来る客も当て込んでの開催だろうし、移動に何時間も掛かるということはないだろう。昼頃に御堂と一緒に新幹線に乗り込んで、池袋にあるという例の喫茶店まで行って状況を検分し、夕方には解散して埼玉ビッグホールに向かう……そんなスケジュールで、無理はなさそうではある。

もっとも、せっかくの休みの日に御堂と二人で東京まで小旅行というのは、正直気が乗らない。御堂は東京に土地勘があると言っているし、実際に住んでいたこともあるのだから、大丈夫だろうとは思う。向こうだって、修と二人で何時間も一緒にいるなんていうのは御免だろう。

しかし、女子陸上部の部室で倒れた時、御堂は本当に辛そうだった。はっきりしたことは言えないが、御堂はおそらく、他人に弱みを見せることを嫌うタイプだ。普段の芝居じみた言動や、何かにつけ皮肉を言わないと気が済まない性格からもそれはうかがえる。

その御堂が、普段あれだけ口喧嘩をしている修に担がれて運ばれている時、文句一つ言わず——いや、言えなかったのだ。それだけ苦しかったのだろう。顔は青ざめ、手足は震えていた。

「——御堂、俺も行く」

修が言うと、御堂は意外そうな顔をした。

「何が悲しくて、野蛮人を連れて歩かないといけないのさ。上野で捕獲されて、国立科学博物館でクロマニヨン人と並んで展示されるのがオチだ」

「あのなぁ……俺だって、貴重な夏休みにお前と東京旅行なんざゴメンだ。ただ来週の月曜日、どのみちあっちに用事があるんだよ。それに、ひ弱なお前にどこぞの河川敷で野垂れ死にされても寝ざめが悪い。つべこべ言うな」

御堂はなおも嫌そうな顔をしていたが、「慎司くん。私も絶対に修と一緒に行った方がいいと思う」という麻琴の口添えもあって、最終的にはしぶしぶといった様子で頷いた。

＊

翌週の月曜日。

御堂とは駅で待ち合わせていたが、修は少し早く家を出て麻琴の家に向かった。夏休み前から借りていた数学と古文のノートを返すためだ。麻琴は「わざわざ家に来てもらうのは悪いよ」と遠慮したが、次の部活連絡会の活動となると一週間空いてしまう。どのみち修の家から麻琴の家までは歩いて一〇分もかからない距離なので、駅に向かう前に寄ることにした。

麻琴の家は一軒家で、住宅地からやや離れた、海を望む高台にある。自家用車がないのに三台分の駐車スペースを確保しているのは、一階部分がスナックだった頃の名残だ。地元の漁協と市役所に勤める人たち向けに営業していた店で、修たちが小さい頃はずいぶん賑わっていたという記憶がある。

通りに面した赤い扉はスナックの客向けで、普段使うのは裏の勝手口だ。勝手口のチャイムを押してしばらく待っていると、バタバタと階段を下りてくるような音が聞こえてきて、扉が開いた。

「ごめんね、わざわざ来てもらって」

ひょっこりと顔を出した麻琴は、申し訳なさそうに微笑む。スウェット地のハーフパンツに紺色のポロシャツという夏らしい格好だった。

「いや、こっちこそ借りっぱなしで悪かった。参考になったよ。それと――」

修はノートと一緒に、手に提げたビニール袋を差し出した。

「ブドウとかリンゴとか、果物が入ってる。もし良かったら、おふくろさんと一緒に」

「……」

麻琴は何度もまばたきしたあと、目を大きく見開いて、修の顔と果物の入っているビニール袋を交互に見比べた。

「……なんだよ」

「ううん、修がこんなふうに気を遣えるようになったなんて……ちょっと感動してる」

「あのな」

修は苦笑した。

「お前のなかで俺はどれだけ失礼な男なんだ?」

「修は礼儀正しいけど、何ていうのかな……真っすぐ綺麗に立った若木っていう感じで、気を配るようなことは苦手なイメージだったから」

「俺は木石かよ……」

しかし、否定はできないなと思った。先ほどは言わなかったが、実はこの果物だって母親に持たされたものだった。

「もし良かったら、おふくろさんに挨拶していってもいいか？」

「あ、ごめん、それはちょっと——」

その時だった。

家の二階から、尋常ではなく大きな音が聞こえた。床に何かを落としたというより、思いきり壁に叩きつけたような音だった。麻琴の母親の身に何かあったのかもしれないと思い、修は慌てて家のなかに入ろうとしたが、麻琴が「大丈夫」と制する。

「お母さんが、私を呼んでるんだと思う」

「呼んでるって……」

「たまにイライラしちゃうみたいなの。戻らないと」

麻琴はこともなげに言う。

「わざわざ来てもらったのに、バタバタしちゃってごめんね。果物ありがとう」

「いや、それはいいが……本当に大丈夫か？」

「うん、ベッドには柵があるし、落ちてはいないはずだから」

「そうじゃなくて、お前のことだ」

麻琴は薄く笑う。しかしその表情は、いま笑わなければ、という義務のもと作られた表情に見えなくもなかった。ちょうど扉が日の光を遮るような形になり、麻琴のぎこちない笑みは家のなかから続く薄闇のなかにある。

「ありがとう。でもこれは、私の仕事だから」

表情とは裏腹のきっぱりとした物言いに、修は言葉の接ぎ穂を失う。

麻琴の態度は気がかりだったが、急いで戻らないといけないという時に、あまり引き留めるのも申し訳ない。「何かあったらすぐ連絡しろよ」と言って、修は麻琴の家を後にした。

＊

少し早めの時間に着いてしまったので、修は駅の近くにある古本屋「ブックマーケット」に寄ることにした。全国展開している新古書店チェーンで、店内は広く、品ぞろえも悪くない。読書にはあまり興味がないが、暇つぶしになりそうなものの一つや二つは見つかるだろう。東京まで約二時間半、漫然とスマホをいじっているには長いし、御堂との会話が弾むとは思えなかった。

古本屋に入ると、「お、先輩じゃないですか！」と聞きなれた声がカウンターから聞こえた。振り向くと、ボクシング部の後輩である芝崎が、退屈そうに肘をついてこちらに手を振っている。

「なんだ、今日もバイトか」

「ええ。客が全然来ないのでめっちゃラクっす」

「それはそれで問題だろう……」

「まぁ、俺の問題じゃないので」

芝崎はあっけらかんと言う。いささか軽すぎるきらいのある後輩だが、この気安い性格が修には好ましかった。修と同じミドル級だが、身長は一七〇センチぐらいで、上背がない代わりに全身に筋肉をがっちりつけている。ポロシャツの上からでも見て分かるほど胸元と腕回りが膨れ上がっており、ボクサーというよりボディビルダーのシルエットだ。それが身体を縮こまらせて、狭いカウンターのなかに収まっているものだから、見ていて少し可哀そうになる。

「先輩はどうしたんです？　家、この近くじゃないですよね？」

「これから新幹線に乗るんだよ」

「あ！　もしかして、埼玉ビッグホールですか⁉」

芝崎はカウンターから身を乗り出した。彼もプロレスや総合格闘技には目がなく、部活後によくスマホで動画を見ている。

「まぁ、そんなとこだ」

「いいなぁ……天才柔術家対、ボクシング金メダリスト……もう二度とない好カードですよ。ちなみに先輩は、どっちが勝つと思います？」

「当然、ボクサーのサミュエル……と言いたいところだけどな。寝技に持ち込まれたらおしまいだ。順当に行けば吉田じゃないか？」

「いや、俺はむしろサミュエルを推しますけどね。あいつのパウンド、やばいっすよ。下からでも普通に殴ってきますから……あ、そういえばアレ、入荷しましたよ」

「あれ？」

「ほら、『サードアイ』ですよ。この前、御堂先輩が三冊まとめて買っていったっていう」

芝崎はそう言うと、バックヤードから一冊の雑誌を持ってきた。表紙には、赤い水着のグラビアアイドル。紙は少し黄ばんでおり、皺も寄っている。『サードアイ』という雑誌名の下には「二〇一二年　六月二週号」とあった。

「どうして俺に？　入荷したら連絡くれって言ったのは、御堂だろ？」

「あれ？　先輩も興味あったんじゃないんですか？」

そんなことを言った覚えはないが、いくつか質問したので、もしかしたら勘違いされたのかもしれない。

「一冊一五〇〇円です」

「意外に高いな」

「需要と供給ってやつです。この号だけ、市場に出てもすぐに消えちゃうんですよ。たまにネットオークションに出ても、すぐに落札されるみたいで。御堂先輩の他にも、物好きがいるんですね」

「……」

ふいに、二週間前、校庭の裏で見た光景を思い出した。

御堂はこの『サードアイ』六月二週号を、焼却炉にくべていた。コレクションではなく、買い集めて焼くことが目的だったなら……もしかしたら、ネットで買い占めているのも、御堂なのだろうか。

「俺は週刊誌を読まないからよく分からないんだが……そんなにレアな情報が載ってるのか？」

「まぁ、レアっちゃレアかもしれないですね。電子版は出てないし、版元が二年ぐらい前に倒産しちゃったらしくて、公式のバックナンバー販売もないんです。俺も調べてみたんですけど、この雑誌って、ヤバイ組織への潜入捜査とか未成年の容疑者の実名報道とか過激なことバンバンやって、各方面からけっこうにらまれてたみたいなんですよ。そういうのに興味ある人、わりといるんじゃないですか？」

「世のなか、野次馬っていうのは多いんだな……」

過激な記事に興味はないが、もしかしたら御堂の過去に関係あることが載っているのかもしれない。暇つぶしぐらいにはなりそうなので、修はとりあえず買ってみることにした。

＊

御堂と合流したあと、昼過ぎの東京行きの新幹線に乗った。

子供の頃両親に連れられてきた時のことはほとんど覚えていないし、ボクシングの大会や武者修行で東京に来た時は、往復ともにバスを使った。物心ついてから新幹線を使うのはこれが初めてだ。

たったの数時間で東京に来られる——もちろん知識としては知っていたが、実際に経験してみるとどこか奇妙な感じがする。本屋に行くにも駅から自転車で三〇分以上かかる日本海に面した過疎の町と、馬鹿みたいに高いビルが競うように林立するこの都心を隔てるものがたったの数時間だというのが、性質の悪い冗談に思えた。深夜バスに乗り込んで、一晩揺られながら浅い眠りを繰り返し、朝が来たら高速バスターミナルに降ろされる——それが修にとっての、東京との距離感だった。

東京駅から山手線に乗りついで、JR池袋駅に着いたのはちょうど午後四時だった。

「しかし、すごい人だな……」

修はまじまじとJR池袋駅の東口広場を見渡す。まるで、人の洪水のようだった。この暑いなかジャケットを着込んでいる営業マンらしき男性、びっくりするほど短いスカートをひるがえして笑い合いながら駆けていく女子高生たち、フリルのついたエプロン姿で悠々と横断歩道を渡っていくメイドカフェの店員……様々な人たちが、駅から繁華街の方面へと流れていった。

「そんなにきょろきょろするな、恥ずかしい」

「あのな、誰のために来てると思ってるんだ……」

先を歩く御堂は、人混みのなかを器用にすり抜けていく。一方の修は、ただでさえ肩幅が広くて人混みでは動きにくいうえ、都会の雑踏に慣れないから、横断歩道を渡るのにも苦労した。

「注意して歩けよ。もしお前に何かあったら、俺が白瀬に叱られる」

「……前から気になってたんだけどさ。君と麻琴は付き合ってるのかい？」

「は？　いや、なんでそういう発想になるんだよ」

修は歩きながら、まじまじと御堂を見返した。

「特に理由があるわけでもないさ。そう見える時もあるし、見えない時もある。純粋な好奇心だよ」

「……別に、付き合っちゃいない。気安く見えるとしたら、幼馴染だからだろ」

「一〇年来、って言っていたね」

「ああ。いまさら惚れた腫れたもない」

「何だその古典的な言い回しは」

御堂は呆れたように笑った。

「麻琴は美人じゃないか。君だって、彼女と付き合えたら万々歳だろう？」

「……」

後半はともかく、前半部分については頷く他なかった。クラス全員に訊ねても首を横に振るやつはいないだろう。分かりやすい派手さはないが、連絡会事務室で事務作業をしている時の横顔を見ると、まるで人形のようだとふいに思う時がある。

「それとも、すでにフラれたのかい？　だとしたら、余計なことを言ってしまったね」

「……そういうんじゃない」

「まぁ、どちらでもいいけどね。おっと――」

御堂は角を曲がると、急にうつむいた。すると案の定、巨大な鏡が目の前に現れる。修でも名前ぐらいは聞いたことがある、有名なアパレルショップの入居しているビルだった。やはり、鏡のある場所は熟知しているらしい。

「何と言うか――俺は白瀬に義理があるんだ」

「義理ときたか。この時代に、またずいぶんと大仰だね。君の好きそうな言葉だ」

御堂は小さく笑う。

「とにかく、俺と白瀬は、お前が思うような色っぽい関係じゃない。変に勘ぐるな」

「分かったよ。そういうことにしておこう」

そんなことを話しているうちに、御堂は古い雑居ビルの前で立ち止まった。地下へと続く薄暗い階段があり、掲げられた古い看板には『喫茶　スノウ』とある。映画「ワンラウンド・カフェ」では、ゲストに声をかけたあとはいきなり喫茶店のシーンになっていたので、店の外観までは分からなかった。

「ここが、例の喫茶店か？」

「ああ」

修が先に階段を下りていき、飾り気のないガラス戸を開ける。

そこには、数日前、視聴覚室のスクリーンに映し出されていた場所があった。

木目調の壁、年季の入った調度品類、紺のベストに臙脂色の蝶ネクタイを合わせたウェイターたち……細長い店内には一〇前後のテーブル席があり、そのほとんどは埋まっていた。

「御堂、くれぐれも顔を上げるなよ」

言うまでもないだろう。

右手奥の壁には、御堂の言っていた通り、小さな鏡がはめ込まれていた。

＊

「やっぱり、鏡はあったな」

「ああ、見に来て良かったよ」

修と御堂が案内されたのは、ちょうどあの映画でインタビューを行っていた席だった。

当たり前だが、御堂は鏡を見ないよう、壁に背を向けるように腰掛ける。その正面に修が座るという形になった。御堂は鏡に自分が映ってさえいなければ問題ないはずなので、修はスマホで鏡の周辺を撮影し、鏡の形状や映る範囲などを共有する。

背後では、金髪の女性スタッフが客と楽しそうに話していた。

「あっ、山岡さん！　三年ぶりじゃない!?」

「嬉しいねえ、覚えててくれたの？」

注文を取りに来るのにもう少し時間がかかりそうなので、修は話を進めることにした。

「鏡は実在した。となると問題は、なぜ雨宮はわざわざ鏡を消したのか——ってところだな。しかし、どう考えりゃいいんだ……」

レギュレーションに準じれば、もしこの画像加工がゲストのインタビューの意図をねじ曲げるものである場合、「ワンラウンド・カフェ」を審査対象から外さなければならない。

現時点で分かっているのは、雨宮たちが画像加工をしたという〝事実〟だけだ。そこから〝意図〟を推理するというのは、かなり難しいように思える。

「シンプルに、論理的に進めていけばいいさ」

御堂はこともなげに言う。

「雨宮は、作中から鏡を消した。これは撮影中、何かが鏡に映り込んでしまって、それを消そうとしたのだと解釈できる」

「いや、待て待て」

御堂の推断に違和感を覚えて、修はストップをかける。

「何かが映り込んだとか以前に、そもそも、演出上鏡が邪魔だったっていう可能性はないか？　見ての通り、この鏡はかなり目立つ。鏡がちらちら見えることで、観客の注意が逸れるのを嫌がったのかもしれない」

「いや、それならカメラを回す前に気付くはずだ。あの雨宮がこれだけ目立つ鏡に何の注意も払わなかったはずがない。むしろ、鏡の質感に惚れ込んで、あえてこの席を選んだと考えた方が自然だよ」

言われてみれば、その通りに思えた。確かに目を引く鏡だが、レトロな内装には馴染んでいて、うるさい感じはしない。

となると可能性は、「鏡に何かまずいものが映りこんでしまって、それを消そうとした」ということになる。

「──たとえば、店内で誰かが鼻くそをほじってる場面が映り込んだ、っていうのはどうだ？　ああいう作風でそんなのが映ったら、台無しだろ」

「鼻くそって、君ね……」

御堂は、苦虫を嚙み潰したような表情を見せる。

「品性を疑うよ。例を挙げるにしたって、他にもあるだろう？」

「ごちゃごちゃ言うな、例なんだから」

「まったく……」

御堂は呆れた声を出しながらも、「二つある」と言った。

「まず、鏡に映る範囲にあるのは、ボクたちの座ってるこの席と、トイレに通じる通路と、カウンターの壁だ。他の席は映らない。つまり変な客が映るとしたら、トイレに行くため通路を通る一瞬しかないのさ。だけど、その瞬間を作品から排除したいんだったら、画像処理なんていう手の込んだことをしないで単純にカットすればいい。確かに今回のレギュレーションで上映時間は一時間ジャストと決まってはいるけど、数秒ならタイトルシーンの長さでどうにでも調整できる」

「なるほどな……」

確かに、と修は頷いた。

「次に、ボクの知る雨宮は、たとえ撮影中にトラブルが起こったとしても、それを隠すようなタイプじゃなかった。『メディアは取材対象に干渉するべきじゃない』っていうのが、彼のモットーでね」

「こんなことやるはずない、ってことか？」

「まさか」

御堂は薄く笑う。

「前にも言っただろう？　『あいつだったら、必ずこうする』『こいつは、絶対にあんなことをしない』——ボクはそういう思考が大嫌いなのさ」

そういえば一カ月前の集団カンニング疑惑の時も、そんなことを言っていた。

「人間は、いよいよ追い詰められたら、主義主張なんて容易に変える。逆に言えば、それだけの事態が起こったってことさ。鼻くそやら目くそやらが原因とは、思えない」

御堂の言いたいことは分かる。

分かるが、その乾いた言葉と冷めた目は、とても友人のことを語っているとは思えなかった。

「——御堂。この前から思ってたことだが……お前は、雨宮のことを信じたくてここに来たんじゃないのか？」

「やめてくれ」

片腹痛い、とでも言わんばかりの口調だった。

「審査員を引き受けてしまった以上、フェアにやりたいだけさ。何も問題なければそれでよし。もし雨宮がレギュレーションに違反していたら落選させる。それだけの話だよ」

修は眉を寄せた。

「友達なんだろう？　お前が信じてやらなくて、どうするんだ」

「信じる？」

御堂は鼻で笑った。おとぎ話を信じる子供を、「それは絵本のなかだけだよ」と諭すような顔をしていた。

「この前も言ったけど、人間、状況さえ整えば何だってする。どんな品行方正な紳士淑女だって、地獄に一筋垂れた蜘蛛の糸を見つけたら、他人を蹴飛ばして飛びつくものさ。ボクに言わせれば、信頼なんていうのは、一番人気の馬券みたいなものだよ。買ってもいいけど、無条件で大金を突っ込む気にはなれない」

「……本気で言ってるのか？」

語気が徐々に荒くなっているのが、自分でも分かる。

まるでやすりで撫でられたような、ざらついた嫌な感じがした。

「御堂。お前は他人を悪く見過ぎだ」

「君は脳天気すぎる。義理も人情も大いにけっこうだけどね。裏切られた時に馬鹿を見るのは、君自身だぜ？」

裏切られた時に馬鹿を見る――。

「だから、そういう言い方はやめろ！」

思わず、鋭く叫ぶ。

その瞬間、なぜ御堂と話していると嫌な感じがするのか、ようやく分かったような気がした。

信じる価値観を貶められていると感じるからではない。

これまでの人生を否定されていると感じるからではない。

その逆だ。

修自身が、人間なんてしょせんそんなものだと、内心では身に染みて分かっているから、嫌なのだ。

自分のやったことを、目を逸らし続けている過去を、家族以外の誰にも話していない秘密を、御堂は「これがお前だ」と掲げて見せてくるから、嫌なのだ。

そして、そのことを自覚してしまったからこそ、ここで引くわけにはいかなかった。

「勝手に俺や、俺の周りの人たちを、お前の基準で見積もるな！」

しかし御堂も、負けてはいなかった。

「そういって君は、浜田に利用されたばかりだろう！　この前の幽霊騒動だって、真実を見抜けなかった！　サルだって少しは学習する！」

「――――とっ！」

立ち上がろうとした、その時。

ガチャンと食器の割れたような音が、すぐ近くで鳴り響く。

驚いて横を見ると、金髪の女性スタッフが立っていた。注文を取りに来たついでに水を持ってきてくれたらしいが、運んできたグラスを、まるで叩きつけるように、テーブルの上に置いたようだ。

「ボクたち……こういうオトナの喫茶店は、初めてかな？」

先ほどまで常連客と楽しげに話していた面影はなく、眉間には青筋が浮いてみえる。

「青春も喧嘩もけっこうだけど……店内での他のお客様のご迷惑になる行為は、お控え願えます？」

他の客たちが、みな、ひどく迷惑そうな顔で修と御堂を見ている。

「……ボクはブレンドで」

「……それをもう一つ」

女性スタッフは仏頂面で頷いた。

*

「話を戻すぞ」

「何を偉そうに。君が脱線させたんだろう？」

「あ？」

そこでふたたび、隣のテーブルの水差しを交換している女性スタッフにギロリとにらまれた。どうやら、完全に目をつけられてしまったらしい。

これ以上うるさくしたら、いよいよ店からつまみ出されかねないので、ここは一時休戦することにした。御堂も同じ考えらしく、淡々と話し始める。

「……なんで雨宮は加工処理をしてまで鏡を消したのか、っていう話だったね」

「……ああ」

「先ほど話した通り、雨宮が隠したかったのは、通路を横切った他の客ではないはずだ。それならシーンのカットで対応すればいい。逆に言えば、ずっと鏡に映り続けていたからこそ、雨宮は〝鏡そのものを消す〟という強硬策に訴えざるを得なかったんだろう」

修は鏡を見た。

この鏡に常に映っているものといえば――。

バーカウンター。棚に収められた洋酒のボトル。「本日のコーヒー」が書かれたボード。

そして壁掛けの古い時計。

「特段おかしなものはないいな」

「ふむ……」

鏡を直接見ることのできない御堂は、修が撮ったスマホの画像をじっと見つめている。

「なぁ、これ、手詰まりじゃないか？」

そう言うと、御堂はひどく嫌そうな顔をした。

「手詰まりではない。手持ちの情報だけでは突破できそうもないから、他に何か可能性がないか、幅広い観点から思慮しているだけだ」

「それを手詰まりっていうんじゃ——」

「いいから、君もその空っぽの頭で考えたまえ」

確かに、文句を言っても始まらない。

何か手がかりはないかと、修は喫茶店のなかをあらためて見渡した。

やはり、雰囲気の良い店だ。都会のど真んなかにあるというのに、そのことを忘れさせるような落ち着いた空気が漂っていた。先ほど、この雰囲気を自分たちが壊してしまったと思うと、いまさらながら申し訳なく感じる。かろうじて聞き取れるぐらいの音量で流されているラジオも、このレトロな佇まいを醸し出すのに一役買っているように思えた。

ちょうど夜のニュースが始まるところで、父親と車に乗っている時によくステレオから流れてくるお決まりのメロディが、店内を静かに震わせる。はきはきした口調のアナウンサーは、先月起こった大規模な脱線事故について、死者数は一〇〇人を超えたと伝えた。

「……いまの」

御堂が何かを言いかけた。

「ん？」

「ラジオだよ」

「脱線事故のニュースのことか？」

修の質問に、御堂は首を横に振った。

「そうじゃない、その前だ」

「前って……」

「ニュース番組が始まった時、音楽が流れただろう？」

「ああ」

確かに音楽は流れたが、ただそれだけのことに、御堂は一体何が引っかかっているのだろうか。

「テンポが違った」

「待て、何の話だ？」

「曲のテンポだよ。『ワンラウンド・カフェ』のなかでもラジオは流れていた。映画のなかで聞いたメロディは、いま聞こえてきたものより、ほんの少しだけテンポがゆるやかだった」

「お前、そんなことまで覚えてるのか……すると、なんだ。ラジオ局が、オープニング曲のテンポを変えたってことか？」

「そうなるかな……」

御堂は頷きながらも、納得していなそうだった。修にしてみれば些細な問題だが、御堂はそこが引っかかっているらしい。

「じゃあ、確認してみるか」

修はバッグからスマホを取り出すと、ラジオアプリを立ち上げ、番組名を入力する。

「おっ、あった」

検索結果のリストには、過去一カ月分の放送が並んでいた。どうやら公式チャンネルにアップロードされているらしい。

「七月五日の放送分を聞かせてくれ。『ワンラウンド・カフェ』では、その日に撮影したインタビューでこの曲が流れていた」

「なんで日付まで分かるんだ？」

「インタビューが開始される時、画面の右上に撮影の日付が出ていただろう？」

「そんなところまで覚えてるの、お前ぐらいだよ……」

修は番組のサムネイルをタッチした。また店員からにらまれたくはないので、慌ててイヤホンをつける。そしてスマホをテーブルの中央に置くと、イヤピースを片耳ずつ、御堂と分け合った。なんというか、周囲から見たら、ひどく間抜けな図になっている気がする。筋骨隆々の大男とホスト崩れのような銀髪の優男が、イヤホンをシェアしているのだから。

『リスナーのみなさん、こんばんは！　七月五日のイブニングプレスです』

オープニングミュージックの後に、女性ＭＣの潑剌とした挨拶。

「たしかに、こっちの方が、若干テンポが遅いかもな」

「……君は、本当に単純な男だな。催眠術にもおもしろいように掛かりそうだ」

御堂はイヤピースを外しながら、ほとほと呆れたような表情で修を見る。

「いまのは変わらないよ。さっきこの店で流れたのと、まったく同じテンポだ。間違いない。考えてみれば、いまは番組改編期じゃないし、普通はこのタイミングで音楽を差し替えたりしないだろうね」

「……つまり、どういうことだ？」

「解釈はともかく、事実はこうだ――去る七月五日の夕方、この喫茶店で、『ワンラウンド・カフェ』の撮影が行われた。その作品中では、ラジオ番組のオープニング曲が、本来よりもわずかにゆるやかなテンポで再生されていた。しかしアップロードされた同じ番組を聞いてみると、テンポは本来のものと変わらなかった」

御堂は、ほっそりとしたあごに手をあてて目をつむり、考え込んでいる様子だった。

修は御堂と違って、テンポのわずかな違いを聞き分けることはできない。しかし、この奇妙なズレについては、確かに気持ちが悪いと思った。


——出来は良いが、少し退屈なドキュメンタリー映画——

——間延びした印象の構成——


修は頭のなかで、これまでの情報を整理してみた。

確かに違和感はある。しかし、たった一つのピースをはめ込むだけで、このドキュメンタリー映画に隠された真相が浮かび上がるのではないかという予感があった。


——現実と作品中で、ラジオのオープニングテーマのテンポがズレている——

——消された鏡——

——鏡に常に映っているのは、バーカウンター、洋酒のボトル、「本日のコーヒー」、壁掛けの古い時計――

その時。

これまで得てきた情報をつなぐように、修の頭のなかで、一つの仮説が立ちあがった。

修は顔を上げて、鏡を見る。反転した壁掛け時計の文字盤は、反時計まわりに時間を刻んでいた。細い秒針が、カチリ、カチリと、規則正しく動いている……。

「……御堂」

「なんだい？」

「――あの映画は、全篇、スロー再生されていたんじゃないか？」

＊

御堂は、小さく口を開けた。

反射的に否定しようとしたのかもしれない。しかしいくら待っても、肝心の言葉は出てこなかった。御堂は前髪に手櫛（てぐし）をあてると、ストレッチするように首を大きく回しながら、ひどく不本意そうに、修をじろりと見た。

「……確かにそれなら説明がつく。まさかおサルさんに先を越されるとはね。しかし、なんで気付いたのさ？　いまさら人間に進化したのかい？」

「あのなぁ……俺は正直言って、あの映画を観た時、少し退屈だなって思ったんだよ。何て言うか、間延びしているような気がしたんだ。それでいまのオープニングテーマの話があったから、俺の印象だけじゃなくて、実際に間延びしてるんじゃないかって、そう思ったんだ」

しかも、と修は続ける。

「雨宮が、スロー再生のことを隠そうとしていたのなら、映像の加工のことも説明がつく。もし鏡越しに時計の秒針が映っていれば、その進みが遅いことにお前が気付いたかもしれない。つまり雨宮は、スロー再生の細工がバレないように鏡ごと消したんだよ」

「──いや、待ってくれ。スロー再生にしろ、鏡を消すっていう画像処理にしろ、映像を加工してることには変わりない。スロー再生を誤魔化そうとして、さらに妙な加工をするっていうのは納得いかないな。確かに、何の加工もしていなかったら、ボクは秒針の進みが遅いことに気付いたかもしれない。しかし、だからといって鏡ごと消すというのは、対処としていかにもアホだ。実際ボクは、そこをきっかけにして違和感を覚えたわけだから」

「まぁ、確かにな……」

この喫茶店「スノウ」は、演劇や映画関係者の間ではそこそこ名の知れたスポットらしい。となると、雨宮としては当然、御堂がそこを訪れたことがあるという可能性を考慮するべきだろう。それにもかかわらず、雨宮が、鏡ごと消すなんていう雑な修正を行った理由――。

「――保険、かもね」

御堂はぽつりと言った。

「保険？」

「確かに、鏡ごと消すなんていう雑な修正、この喫茶店に来たことのある人間ならすぐに分かる。自分で言うのもなんだけど、ボクならなおさらね。しかし雨宮は、それでもかまわないと思った。たとえ映像加工がバレたとしても、最大の証拠である時計さえ消してしまえば、スロー再生は見抜かれないだろうと高を括っていたんだろう。実際、ラジオのオープニングテーマがなかったら、ボクもお手上げだった」

修は話を聞きながら、この一件が、ずいぶんときな臭くなってきていることを感じた。どうやら雨宮は、スロー再生がバレることをひどく恐れていたらしい。しかも、その手の込み方から考えて尋常な恐れ方ではない。

「なぁ御堂。これは別に、文化系の創作活動を軽視して言うわけじゃないんだが……たかが、学生のアマチュア映画だろう？　こう言っちゃおしまいかもしれんが、たとえ何か不都合がバレたとしても、コンクールの賞を逃すぐらいだ。別に人生を左右されるわけじゃない」

またチャンスはあるのだ。御堂曰く、雨宮は才能ある映像作家らしい。ならば、なおさら、このローカルの小さなコンクールで不正に手を染める理由が分からない。

「……」

「……」

修と御堂はしばらくの間、向かい合いながら、無言で考え込んでいた。

『本当に痛ましい事故でした。○△電鉄が事故原因究明のための第三者委員会を立ち上げてから二週間が経ちますが、インターネット上では、亡くなった運転手の方の責任を問うような論調がいまだ目立ちます。ご遺族の方が、SNS上で誹謗中傷を受けているという話も聞きました。しかし、この悲劇が起きてしまった原因を、たった一人の判断ミスに求めるというのは早計ではないでしょうか？』

ラジオでは相変わらず脱線事故の話が流れている。煽り立てるような口調ではなく、静かに淡々と、聞き取りやすい声で語っていた。

『先ほどもお伝えしたように、この事故の犠牲者の数は一〇〇人を超えています。しかし、その数が重要なのではありません。亡くなった方の一人一人に、顔と名前と、それまで歩んできた日々と、大切な人たちがいたはずです。私たち『イブニングプレス』では、遺族の方々の想いを尊重し――』

ふと、御堂が顔を上げた。

そして、銀色の前髪に隠れた額のあたりを、長い人差し指でつうっとなぞる。目つきは鋭く、暗闇のなかに突然立ち現れた何かをじっと凝視して、その姿かたちを確かめるようだった。

「御堂、何か気付いたのか？」

「……一九人」

「は？」

「『ワンラウンド・カフェ』に出てきたゲストの数だよ。赤い服の派手な女子大生に、二十代の税理士、丸縁眼鏡の英語教師、保険のセールス――合計で一九人だった」

そう言えば、映画を観終わった直後にそんなことを言っていた。

「言われてみれば、そうだったかな」

「いかにも中途半端じゃないか？　あと一人いれば二〇人になる」

「そりゃあ、そうだが。別にキリの良い数字にする理由なんてないだろ」

「蔵元。ボクシングのワンラウンドっていうのは、何分だ？」

いきなりボクシングの話題が出て、修は面食らった。

「プロでもアマチュアでも三分だが……それがどうした？」

「仮に、ゲストが二〇人だったとしよう。レギュレーションの上映時間六〇分を二〇で割れば、一人あたり三分。ちょうど『ワンラウンド』だ」

「……」

ワンラウンド・カフェ——映画の題名が、頭をよぎる。

「それならタイトルの伏線回収にもなるし、全体構成としても美しい。少なくとも、ボクが監督だったらそうする。あえて一九人なんていう中途半端な数を選ぶ理由はないよ」

目の前を覆っていた霧が、一気に晴れていくような感覚を覚えた。

修がボクサーだと自己紹介した時に雨宮が見せた奇妙な反応も、この「ワンラウンド」にまつわる伏線に気付かれることへの恐れだったと考えれば辻褄が合う。

「ボクの仮説はこうだ。作中に登場するゲストは当初、二〇人いた。しかし何らかの理由で、一人分のインタビューシーンが使えなくなった。だから急遽、一人分のインタビュー、つまり三分間をカットしたんだ。しかし、映画の尺はレギュレーションで『六〇分』と決まっている。だから、やむなく引き延ばしたんだ。六〇分のうち三分をカットしたら、残り五七分。これを六〇分に引き延ばそうと思ったら、〇・九五倍のスロー再生で帳尻は合う」

「……なるほど」

　ロジックとしては、文句のつけようがない。嫌味な男だが、こういう時の思考の正確さには感心するしかなかった。

「からくりは分かった。それで、雨宮がそんなことをした理由は何なんだ？」

　その質問に、御堂は答えなかった。

　答えが分からないというのではなく、分かっていながら、言うべきかどうか躊躇っているように見えた。万事につけ傍若無人ぶりを発揮するこの男が、何かに躊躇するという場面を、修は初めて見た気がした。

「御堂？」

「……雨宮がこの修正を行ったのは、コンクール当日の朝だ。つまり、修正の必要性が発生した、ないしその必要性に気付いたのは、コンクール当日——八月一日の朝ということになる。

　しかし蔵元、妙だと思わないか？　もし作品のなかに、映ってはいけないようなものが映っていたとか、致命的にまずい演出や台詞があったとかいうなら、もっと早い段階で気付いていたはずだ。監督なら、編集やら仕上げやらで、何十回と見返しているはずだからね。提出当日の朝になって、あわてて雑な修正をするなんていう間抜けな話はない」

「まぁ、確かにな」

そこは素直に頷ける。

「となると、雨宮が急遽修正を決めたきっかけは、作品の内部ではなく外部にあったと見るべきだ。もっと具体的に言うと、雨宮は何かを見聞きしたことで、そのゲストは決して作品に出してはいけないものだと悟った。しかしクラウドファンディングなんていう手法を使ってしまった以上、『やっぱりやめました』と引っ込めるわけにはいかない。そこで雨宮は、インタビューのカットと引き延ばしという荒業(あらわざ)で乗り切ろうとした」

「理屈は分かるが……」

決して作品に出してはいけない人物。誰だろう？　犯罪者か？　となると雨宮は、八月一日の朝に、インタビューした二〇人のうちの一人が犯罪者であるという事実に気付き、その部分をカットしたということになる。朝のテレビで気付いたのだろうか。

しかし修が覚えている限り、あの日は確か、脱線事故の犠牲者で素性の分からなかった最後の一人の身元が判明したということで、どのテレビ局も持ちきりだったはずだ。いつもより少し遅い電車に乗ったために事故に巻き込まれたという、フリーライターの——。

背中を、冷たい手でぞくりと撫でられた気がした。

あの事故が起こったのは七月三日。そして「ワンラウンド・カフェ」の撮影が行われたのもその前後だ。

「御堂。もしかして、消されたインタビューのゲストっていうのは、あの脱線事故の……」

確証はない。すべては憶測だ。

しかし、直感はあった。暗く、冷たい、直感が。

「ああ、犠牲者の一人かもしれないね」

御堂は頷いた。

もっとも本当に重要なのは、そこではない。

単に、のちの脱線事故の犠牲者となる人のインタビューを撮ってしまったというのであれば——こんな言い方は不謹慎だが——ドキュメント作品の価値としてはむしろ計り知れない。

しかし、その脱線事故が、インタビューと同日に発生したものだとしたらどうだろう？

悪意を持った言い方をすれば、こうなる。

雨宮たちがインタビューのために引き留めたせいで、彼が乗る特急がずれてしまったとしたら？

「つまり――」

「ボクは、思わない。君や麻琴も、思わないだろう。しかしね、電車を運転していた人を殺人鬼呼ばわりするような一般市民様が大勢いる世のなかだ。その遺族にまで石を投げ始めるような連中だ。こう言うやつは、必ずいる」

御堂は言った。

「高校生の撮ったアマチュア映画のせいで、一人の人間が死んだ、とね」

数分間、沈黙が続いた。

修は言うべきことが見つからず、御堂はすでに言うべきことは言い終えたという様子だった。

「で、どうするんだ？」

すっかり冷めてしまったコーヒーを口元に運びながら、修は訊ねる。

「審査のことかい？」

「そうじゃない」

もはや、コンクールのレギュレーションがどうこうと言っている場合ではない。それは御堂も分かっているはずだ。

「何もしないよ。世間に告発するとか、雨宮を問い詰めるとか、そんな面倒なことをするつもりはないさ。それとも、君はやりたいのかい？」

「……いや」

修は首を横に振った。

隠蔽工作はともかく、雨宮のインタビューが引き起こしてしまったかもしれないことは、まったくの偶然の産物だ。以前観たSF映画で、バタフライエフェクトとかいう言葉を聞いたことがあるが、それに似ているかもしれない。雨宮を責めることはできないし、吊し上げる手伝いをしようとも思わなかった。

「じゃあ、出ようか。君もこの後、予定があるんだろう？」

御堂はそう言うと、伝票を持って立ち上がった。

壁の時計を見ると、確かにそろそろ出なければいけない時間だった。とはいえ、こんなことを知ってしまったあとで格闘技の試合を心から楽しめるかといえば、そうは思わない。

修は小銭入れから一〇〇円玉五枚を出して、御堂に渡す。

「御堂。このことは、白瀬には黙っておこう」

「それがいいだろうね」

御堂は頷く。

のけものにしたいわけではない。ただ、公表しないと決めた以上、関わる人間は一人でも少ない方がいい。

席を立ち、出口へと向かおうとした瞬間だった。

この喫茶店「スノウ」は地下にある。

地上から階段を下りてきたところにガラス張りのドアがあって、そこから店内に入れるという構造だ。

店に入る時は、ガラス張りのドアから店内が見える。当たり前のことだ。

しかし、その時に、気付いておくべきだった。

逆に、店から外へと出る時――ガラス張りのドアの向こう側にあるのは、地上から階段を数段下りた場所だ。まだ午後六時だが、鮮やかな夏の夕陽もこの地下階までは届かず、ガラス戸の向こうには塗りこめられたような闇が張り付いている。

すると、どうなるか。

ガラス張りのドアは、まるで黒い鏡のように店内の様子を映し出していた。

気をつけろ――と言おうとした時には、もう遅かった。

御堂の指から、小銭がはらりとこぼれ落ちる。まるであごを打ち抜かれたボクサーのように、御堂は膝から崩れ落ちた。

その細い身体が床に衝突する直前、修はほとんど反射的に伸ばした腕で背中を摑み、かろうじて引っ張り上げた。

＊

幸い、すぐ近くに小さな公園があったので、そのベンチに御堂を寝かせた。

「おい、生きてるか？」

「……水」

御堂は砂漠の遭難者のようにうめく。

「ちょっと待ってろ」

修は近くの自動販売機でミネラルウォーターを買うと、御堂に渡した。

御堂はペットボトルの半分近くを一気に飲み干すと、安心したのかふたたび目を閉じてベンチに身体を預けた。どうやら、しばらく眠るつもりらしい。さすがにこの状態で御堂を放っておくわけにはいかないので、修は御堂の体調が回復するまで、ここにいることにした。格闘技イベントには間に合わないだろうが、仕方ないと割り切ることにする。

動画サイトで中継されているはずなので、せめてスマホで観ようかと思ったが、充電が残り少ないのでやめておいた。このまま御堂の体調が戻らなかったら、近くの病院を探すことになるかもしれない。そうでなくとも土地勘のない場所なのだから、スマホは使えるようにしておいた方がいい。

「さて――どうするかな」

あらためて見渡してみると、公園というより広場といった方が良さそうな場所だった。ブランコや砂場など、子供が好んで遊びそうな遊具はなく、年季の入ったベンチが等間隔で三つ設置されているだけだ。修たちの他に人影はなく、頭上で明滅している街灯には、数匹の蛾が群がっている。

本でも持ってくれれば良かったなと思って、修はふいに、リュックのなかに入っている一冊の雑誌のことを思い出した。ちらりと御堂を見ると、いくらか顔色は良くなってきたものの、まだ苦しそうに肩で息をしており、瞼を開けそうな気配はない。

「……そう言えば、まだ読んでなかったな」

修はリュックのフロントポケットから、古雑誌『サードアイ』を取り出した。新幹線の座席は御堂のすぐ近くだったので、さすがに本人の前で過去を詮索するような真似はできなかったのだ。表紙そのものが色あせているせいで、胸元を大胆に露出したグラビアアイドルの肌もくすんで見える。

――三つ、気になることがある。

一つ。芝崎はこの雑誌について、未成年の容疑者の実名や顔写真を掲載していたと言った。

二つ。御堂は、自分の過去を詮索されることをひどく嫌がる。

三つ。御堂はこの雑誌を偏執的に収集して、焼却炉で焼いているようだった。

その三つを重ね合わせて考えてみると、ある仮説が立つ。

――御堂はかつて、何らかの事件の容疑者として、『サードアイ』六月二週号に顔写真や実名を掲載されたのではないか？　だから世間に出回らないよう、買い占めて処分しているのではないだろうか？

しかし雑誌が出版されたのは七年も前だ。当時、御堂はまだ小学校四年生だったはずで、その年齢で何かの事件の容疑者になるというのは、さすがに考えにくい。

そんなことを思っていると、目次に気になる記事を見つけた。

『有名私立小学校の闇　壮絶ないじめの実態に迫る』

わずかに逡巡してから、修はページを繰った。

そこには一枚のモノクロの写真が載っていた。おそらく、その「いじめ」の瞬間をおさめた写真なのだろう。肥満気味の一人の少年が、教室の床にうずくまっている。その正面に立って、サッカーのシュートを放った直後のような姿勢で彼を見下ろしているのが、いじめの主犯らしかった。記事を読むと、下腹部を蹴り上げた直後の写真らしい。周囲で見ている児童たちも、はやし立てているような様子だった。主犯らしき少年以外は目に黒線が入っているものの、みな笑みを浮かべていると分かる。一方、床に這いつくばっている少年はひどく苦しそうだった。にきび面を真っ赤にして、厚ぼったい瞼に埋もれた細い目からは涙を流している。

となると、被害者を蹴っているこの少年が御堂なのだろうか？

似ているという感じはあまりしない。確かに顔の整った少年ではあるが、彫りの深いタイプで、御堂とは系統が違うなという気がした。記事をざっと読んでみても、名前までは載っていなかった。あるいは、取り囲んでいるギャラリーのなかの一人が御堂なのだろうか。ぱっと見たところ、それらしい顔は見当たらない。

いや、そもそも――。

修はいったん、雑誌から視線を外す。

そして、御堂慎司という男と出会ってから今日までのことを、つらつらと思い出した。

確かに嫌味なやつだと思う。少なくとも、修とは決定的にソリが合わない。皮肉屋で、実際家で、冷笑的。疑り深く、何事にも人の悪意を見出そうとする。口は悪いし、笑えない冗談も平気で言う。

しかし……果たして御堂自身が、他人に悪意を向けたことがあっただろうか？

この一ヵ月、修は成り行きでいくつかの奇妙な事件に巻き込まれた。集団カンニング疑惑、女子陸上部の幽霊騒動、そして今回の鏡の消されたドキュメンタリー映画。そのいずれの解決にも、御堂が深く関わった。そこに、御堂の思考力と記憶力が寄与しているということは言うまでもない。

しかし御堂が、その思考力と記憶力をもって誰かを苛んだことはなかったと思う。むしろ、複雑な物事の裏までを見通す御堂の目の奥には、弱い立場にある人たちへの共感と、理不尽への嫌悪のようなものが常にあるように思えた。現に今日、御堂はフェアであることを貫こうとしたからこそ、一本のアマチュア映画のためにわざわざ東京まで来たのだ。

もちろん、御堂のすべてを知っているとは思わない。ましてや今回は、七年も前の話だ。

しかし修には、御堂が皮肉や冷笑を、何の抵抗もできずうずくまっている級友に向けたとは、どうしても思えなかった。

だとしたら――。

「――珍しい雑誌を読んでいるね」

急に話しかけられて、飛び上がるほど驚いた。

横を見ると、御堂が目を開けて、薄い笑みを浮かべている。

「お前……最初から起きてたな？」

「君だって、その雑誌を持ってることを黙ってたんだからお互い様だ――で、どこまで分かったのさ？」

どう答えるべきなのか迷って、修はすぐに自分のミスに気付いた。すっとぼけるならすぐに「何のことだ？」と返すべきだった。この時点でもう、何かには気付いていたと言っているも同然だ。

「君は、本当にクソ真面目だな」御堂は小さく笑った。「こうも反応が分かりやすいと、カマを掛けてるこっちとしても、なんだか申し訳ない気分になる」

「お前な……」

こんな軽口を叩けるなら、もう心配ないかもしれない。

「何でもいい。君の思ったことを、聞かせてくれ」

「……」

そうは言っても、軽い調子で話せるような内容ではない。

そもそも修が、御堂の過去を、これまで隠し続けてきた内面を、さも分かったかのように語ることに何の意味があるのだろう。

しかし、向こうが話せと言っている以上、強いて断ることもないのだろうとも思った。

「確信があるわけじゃないから、そのつもりで聞いてくれ」

修はそう前置きして続ける。

「――御堂。お前もしかして、小学生の頃容姿が原因でいじめに遭って、その過去を消すために、顔を変えたんじゃないか？」

御堂は観念したように、ゆっくりと息を吐いた。来るべき時が来たとでもいうような、穏やかな表情をしている。

「まぁ、ボクだって、永遠に隠し通せると思っていたわけじゃない。いつか、誰かには、気付かれただろうけど――まさか、君とはね」

御堂は寂しげな表情で、唇の右端をわずかに吊り上げた。

＊

思い至ったきっかけは、喫茶店「スノウ」の店員の反応だった。

あの店員は、三年ぶりに来た客のことを覚えていた。では、なぜかつて常連だったという御堂には無反応だったのか？

御堂はとにかく目立つ男だ。当時から髪型や服装の趣味が多少変わったとしても、それで他人と見間違えるというのはないように思える。それにもかかわらず、店員は修たちを注意した時、二人を一見客であるかのように扱った。修はともかく、御堂は何度も来店したことがあるはずなのだから、そこに言及しないことには違和感がある。

「なるほどね」

説明すると、御堂はおかしそうに頷いた。馬鹿馬鹿しく思いつつも、感心しているような、そんな表情だった。

「そこから整形手術に結び付くのか。盲点だったよ」

「もちろんそれだけじゃない。実はこの前、お前が焼却炉でこの雑誌を焼いてるところを見かけたんだよ。そこから、こう思ったんだ——お前が、この雑誌に名前なり顔なりが載ってしまったという事実を消し去ろうとしてるんじゃないかってな。当時の年齢を考えると、記事のなかで関係がありそうなのは、いじめの件しかありえない。だけど、お前の面影がある顔は見当たらなかった。だから単純に、顔を変えたんじゃないかっていう仮説を立てた。

極めつけは、『ワンラウンド・カフェ』に関するお前の推理だ。雨宮は、自分にとって都合の悪い過去を、編集という形で消し去ろうとした。脱線事故の犠牲者へのインタビューを、最初からなかったかのように細工した。

あの推理を思い出して、俺は、お前が自分の過去について同じようなことをやろうとしてるんじゃないかって思ったんだ。いじめられていた過去を消すために、顔を変えて、いったん海外を経由してから日本のド田舎に引っ越して、昔の自分の写真が載っている雑誌を買い占め始めた。住んでいる場所の周辺では、特に念入りにな」

修が一気に話し終えた推測を、御堂は肯定も否定もしなかった。

「——図画工作、って覚えてるかい？」

夜の公園と、遠くに見える光にあふれたビル群を眺めながら、御堂はぽつぽつと話し始めた。

「ああ、小学校の授業であったな」

「きっかけは、まさに小学校の図画工作の授業だった。その日の課題は、出席番号順に二人一組になってお互いの自画像を描くっていうものでね。ボクはある女の子とペアになったんだけど、このコがね、ずっと笑ってるんだよ。最初はボクと視線を合わせるんだけど、すぐにうつむいたり友達の方を見ながら噴き出したり。落ち着いたらまだボクを見るけど、やっぱりまたくすぐったそうな声を漏らす。そのうち、お腹を抱えながら、もう無理って言いだして、仲の良い女子たちと勝手に三人組を作った。こうなると困るのはボクだ。何せ、描く相手がいなくなってしまったからね。

するとき近くで様子を見ていた教師が、準備室から移動式の大きな鏡を持ってきた。これで自画像を描けと言う。もうね、クラスは大爆笑だよ。教師も悪乗りしてたみたいで、一緒になって笑ってた。ボクはどうしていいか分からずに、鏡に映った自分を描き始めた。そうしたら、さらに笑い声は大きくなった。マジかコイツ、っていう声がした。こっちにスマホを向けて動画を撮ってるやつもいた。だけどボクには、どうして笑われてるのか分からなかった。言われた通りに絵を描いてるだけなのに。だけど、しばらく鏡を見ていて、ボクはやっと気付いたよ。ああ、そうか、みんなボクの顔を見て笑っているんだ、って」

「――御堂。もういい」

思わずそう言って、修は話を遮った。

修はまだ一つの場面しか聞いていない。この後、いじめは徐々にエスカレートしていって、やがて『サードアイ』の写真にあるような暴力につながるのだろう。御堂は以前、自身の記憶力のことを「能力」ではなく「体質」と言った。つまり、コントロールできないということだ。

一瞬でも目に映ったものは写真のように保存される。一度でも見た場面は映画のように頭のなかで流れ続ける。トラウマになるような光景も、胸に突き刺さった言葉も、本人の意思とは無関係に、永遠に忘れられない傷として、記憶の底に刻みつけられるのだ。そのことを思うと息が詰まるほど苦しくなった。御堂はその気になれば朝まで話し続けられるのかもしれないが、聞いているこっちが、耐えられそうになかった。

「雑誌を買い占めてるのは、あの写真が、お前が芸能の世界で生きていくうえでの不発弾になるかもしれないからか？」

芸能人の子供の頃の写真がネット上にアップされて、現在の顔と違うことで炎上するなんていうのは、きょうび珍しい話でもない。

「それもある」

御堂は頷いた。

「でもね、それ以上に——忘れたいんだ」

「……」

「しかしあいにく、ボクは忘れられない。それなら、世界の方に忘れてもらうしかない。彼が生きた痕跡を一つ残らず消すしかない。彼と、いまここにいる御堂慎司という人間とをつなぐものを、一つ残らず断ちたいんだよ」

御堂はかすれた声を出した。その声は、夏の蒸すような夜に拡散して消えていく。

「ボクはね、いまだにまともに鏡を見られないんだよ。馬鹿みたいな話だろう？　いくら顔を変えても、必死に痩せても、流行りの美容室で髪を染めても、大勢の前で舞台に立って認められても——ふと鏡を見れば、あの日の自分が変わらずにいるような気がしてならないんだ」

ああ——そうか。

なぜ御堂の言うことにいちいち腹が立つのか。聞き流すことができないのか。感情を逆撫でされるのか。その理由がようやく、分かったような気がした。

こいつは、俺なんだ。

ひた隠しにしている秘密を、誰かに知られてしまうのではないかという不安。

いくら変わろうとしても、過去の自分からは逃げられないのではないかという恐怖。

そのどちらも、修がよく知っているものだった。

「しかし、どうするかな……これで君は、ボクの秘密を知ってしまったわけだ」

言葉に反して、どこか愉快そうな声色だった。

「口封じでもするか？」

「とはいえ、素手じゃあ君にはとても敵わない。武器だって持ってないし……となると」

御堂は背中を丸めてため息をつくと、視線を修に向けた。ひどく疲れたような横顔だったが、薄く笑っているように見えなくもない。

「担保をもらおうか」

「は？」

「君が、この話を他人に漏らさないという担保だよ。ボクは口約束を信用しないからね」

「具体的に何だよ？」

「それは君が責任を持って考えたまえ。もともと君が好奇心でこの雑誌を買ったりするから、こうなったんだろう」

「だから、それは悪かったよ……」

担保。つまり、お互いに約束を反故（ほご）にしないよう、牽制（けんせい）になるもの——。

「じゃあ御堂、こういうのはどうだ？　俺もお前に、秘密を話す」

「秘密？　バナナの隠し場所とかかい？」

「違う。お前と同じ、昔のことだ」

「ジャングルにいた頃の話をされてもなあ」

「いいから聞けって」

一つ、咳払い。

不思議な感覚だった。

あの日のことは、麻琴や家族にすら話していない。それなのに、なぜかいまは話せると——いや、話したいとすら感じていた。

「まさか、昔捨てた女の話とかじゃないだろうね？」

「なんだ、勘がいいな」

くつくつと笑っていた御堂が、ぽかんと口を開けて、修の顔を見返した。

＊

法連寺学園から転校を決め、寮から出ていった日のこと。

荷物は宅急便で実家に送ることにしたので、修は身の回りのものだけをリュックにまとめて、入学以来一年半を過ごした部屋を出た。

あえて練習中の時間を選んだので、寮の廊下には誰もいない。今日まで一緒に生き延びてきた同期に、一言ぐらい声をかけていきたいという気持ちはあったが、合わせる顔がなかった。この地獄から一人だけ逃げていくのだという後ろめたさは、まるで重い瓦礫を胃のなかに詰め込んだかのようだった。

校門を出たところで校舎を振り返ると、大きな垂れ幕が掲げられていた。もうすぐ中学入試に向けた説明会の時期だから、保護者へのアピールのためだろう。部活の実績に加えて、法連寺学園の校是――「秩序と修練が人をつくる」の文字が見えた。

「先輩」

　突然の聞き覚えのある声に、修は振り返る。

　そこにいたのは、右腕をギプスで吊るした、本条奈々だった。彼女は腕を骨折してしまったから、練習には出ずに、寮で静養しているのだ。怪我は、表向きにはスパーリング中の転倒によるものとされているが、実際は柳瀬による「指導」と称する暴力が原因だった。

「行っちゃうんですか？」

「……ああ」

　修は目を逸らす。

　一人で逃げ出すことの罪悪感だけではない。彼女が暴力を振るわれている時、修は柳瀬から、「俺のやり方が間違ってると思うか？」と問いかけられた。もちろんあの時、修が「間違っています」と答えたところで、怪我人が一人から二人に増えたというだけだったかもしれないが、それでも保身のために嘘をついたことには変わりない。

　ここで言わなかったら、もう機会はない。

「――すまん。この前は、悪かった」

「ううん、謝らないでください。私、嬉しかったんです」

「え？」

「だって先輩、声を上げてくれたじゃないですか。私、ちゃんと聞いてましたよ」

そういえば、柳瀬が本条を踏みつけた時、何か言ったかもしれない。しかし、かばおうとしたとか、助けようとしたとか、そんなに格好いいものではなく、反射的に声を上げてしまっただけだと思う。

「いや、あれは、思わずっていうか」

「それでも、私、監督を止めようとする人を初めて見ました。高等部の先輩たちだってそんなことできないのに」

そして本条は、すっと左手を差し出した。

握手？　なぜ左手なのだろうと思って、右手はギプスで吊られていることを思い出す。

修も左手で応じようとした。

「——先輩、お願いです。残ってください」

伸ばしかけた修の左手が、止まる。

「一緒に法連寺を変えましょう。こんな場所にいたら、みんな駄目になります」

「変えるって……」

教師はもちろん、警察だって頼りにならないことは、修もよく知っている。地元の警察署は、法連寺学園ＯＢのたまり場のようなものだ。剣道部や柔道部がよく出稽古にも行くから、つながりは深い。虐待を受けたなんて通報したところで、「ひ弱な部員が練習に音を上げた」と処理されるのがオチだろう。

「馬鹿言うな、無理だ……」

「無理かどうか、やってみましょう」

「……お前もついてくるか？　こんなところにいたら、いつか本当に殺される。とりあえず逃げた方がいい」

「それで先輩はいいんですか？」

——いまになって振り返ってみると、その本条の言葉に、修を糾弾する意図があったとは思えない。浮かんだ言葉を、そのまま口にしただけだと思う。しかし当時の修は、彼女に責められているのだと感じた。仲間を放り出し、誰もいない時間を狙って一人逃げ出すことを非難されているのだと捉えた。

「先輩」

「……悪い、そろそろバスが来る時間だ」

「待ってください！」

本条が追いすがってくる。

摑まれた左手を、修は思わず振り払う。最後に見たのは、唇を嚙みしめる本条の悲痛な表情だった。

——その後のことは、よく覚えていない。

ただ、燃えるような夕焼けのなか、一度も振り返らずに寮からバス停へと続く坂道を駆け下りていったことだけは、いまなお呪(のろ)いのように、鮮明に記憶に残っている。

＊

意外にも、御堂は最後まで黙って聞いていた。

「それで？」

「それきりだ」

「助けにはいかなくていいのかい？　ほら、映画だと定番だろう、一度は逃げ出した勇者がとらわれの姫を救うため舞い戻るのは」

「……法連寺学園のボクシング部は、もうないよ」

「ない？」

「俺が転校していった直後、とある事件が起こって、廃部になったんだ」

修はスマホを取り出すと、三年前の日付のウェブニュースを御堂に見せた。

四日、私立法連寺学園中等部に通う本条奈々さん（12）が、所属するボクシング部の練習中に監督の柳瀬栄一（えいいち）容疑者（39）から腹部を踏みつけられるなどの暴行を受け、搬送先の病院で死亡が確認された。こうした暴行は日常的に行われていたとみられており、警察は学校関係者への聞き取り調査を進めている。


「もし本条の提案に乗ってたら、俺も死んでたかもな」

「……彼女のことは、お悔やみ申し上げる」

御堂は神妙な顔つきで、わずかに頭を下げた。

「しかし、こう言っちゃあなんだが――君は強いな。こんなことがあった後も、ボクシングを続けているんだから」

「こんなことがあったから、だ。もし次に同じようなことがあったら、俺は絶対に逃げない。差し出された手を、死んでも離さない。だから、いつその日が来てもいいように、俺は強くならなくちゃならん」

「……そうか。どうりで」

御堂の薄い唇が、「お」とか「こ」の形に曲がる。しかし、結局そこでやめてしまった。

「なんだよ？」

「いや、なんでもないよ。とりあえず担保としては、十分だ」

修としては、「臆病者」でも「腰抜け」でも、誹(そし)りを甘んじて受け入れる覚悟はあった。実際、その通りだと思っている。

御堂はスマホに視線を落とした。修もつられて、自分のスマホをちらりと見る。午後九時二一分。もう最終の新幹線には間に合わない。

「どうする？　いまから深夜バスのチケットとるか？」

「N県行きは本数が少ないし、厳しいね。最悪ネカフェに泊まるか、このまま朝までいて始発の新幹線で帰るか」

「このままって……始発まで六時間以上あるぞ？」

「何か話していればいいいさ」

「何かって」

都会の夜は、月が出ていなくても十分に明るい。三人掛けのベンチの端と端で、修は腕を組んで背筋を伸ばし、御堂は深くもたれかかって足をだらしなく投げ出している。

この夜に、何かが解決したわけではない。それぞれどうにもままならず、いまだ折り合いをつけられない辛苦(しんく)の日々があったということだけを、お互いに話しただけだ。

しかし、人間とはおかしなものだと、修は思う。

ただそれだけのことなのに、あの日からずっと胃のなかに詰まっていた瓦礫の一つが、ふいに足元に転がり落ちたような気がした。

穏やかで暖かい場所

始まりは、八月一六日の深夜に鳴ったスマホだった。

『あ、もしもし。夜遅くにごめんね、いまちょっといいかな？』

時計を見ると、夜の一一時だった。この時間帯に麻琴から電話がかかってきたのは初めてのことだった。というより、麻琴と電話で話すこと自体、小学校以来かもしれない。部活連絡会の活動について事務連絡をすることはこれまでもあったが、メールやチャットアプリで済ませていた。

「ああ、構わないが——どうかしたか？」

テレビを消しながら、修は胸騒ぎを覚える。麻琴は大した理由もなく夜中に電話をかけてくるようなやつではない。それに「もしもし」から始まった麻琴の声は、わずかに震えているようにも聞こえた。

『明日、部活連絡会のミーティングの日だけど、私ちょっと休むね。突然ごめん』

「それは全然構わんが――何かあったか？」

わずかな沈黙。

『お母さんが、倒れて。いま私も一緒に搬送先の病院にいるの』

「……状態は、良くないのか？」

何を間抜けなことを言っているんだと、口にしてから気付く。

病院に搬送されただけではなく、この時間まで家族が付き添っているのだ。明日になれば治るような状態であるはずがない。

『詳しいことは私もこれから担当医さんに聞くんだけど……あんまり楽観視はできないと思う』

「そうか――志村病院だよな？　何時頃からいるんだ？」

『夕方の四時ぐらい』

となると、麻琴はもう七時間病院にいるのだ。この時間までいるということは、病院に泊まるつもりなのかもしれない。

「何か持っていくものないか？　服とか、日用品とか」

普段はバスを使うが、自転車でも三〇分飛ばせば行ける距離だ。

『ありがとう。でも、大丈夫』

遠慮の響きはなく、きっぱりとした口調だった。

「――分かった。何かあれば言ってくれ。オヤジに頼めば、車も出せると思う」

『うん、ありがとう』

麻琴は二度目の礼を口にしてから、電話を切った。

一分一六秒、と表示された通話記録を見て、修はふいに思う。

麻琴の父親は、もうずいぶん前に離婚したはずだ。付き合いのある親戚もいないと、以前に麻琴が言っていた。いま彼女の周囲に、頼れる大人はいるのだろうか？

もっと詳しく話を聞けば、手伝えることがあったかもしれない。しかし、向こうが大変な時にこちらからかけなおすのも不躾に思えて、修は結局、スマホを充電スタンドに置いた。

＊

翌朝、八月一七日。自転車に乗ったまま校門を通り抜けると、おぼつかない足取りでA棟の方に向かってふらふらと歩いていく、痩せた男子生徒が目に入った。

記録的な猛暑日の続くなか、その首筋はまるで外出するのは今日が生まれて初めてだというほどに青白く、まくったシャツから伸びる腕は小枝のように細い。女性のショートカット程度に長く伸ばした銀髪は、この湿気た町の夏にあって、いかにもうっとうしそうだった。

「よお御堂、朝から元気なさそうだな」

修は自転車から下りて、銀髪の男子生徒に声をかける。すると彼は振り向いて、修の顔を一瞥（いちべつ）すると、てきめんに嫌そうな顔をした。

「君のむさくるしい顔は、あれだね、朝から見るものじゃないね」

「あのな……どうせすぐ、連絡会事務室で顔合わせるだろ？」

「気分の問題さ。朝一で顔を合わせた相手が君というのが、何かの凶兆に思えてならないよ」

御堂はため息をつくと、ハンカチで額をつたう汗をぬぐう。

「お前、もしかして少し痩せたか？」

「当たり前だろう？　この暑さだ、食欲も失せるさ」

そんな他愛もないことを話しながら、修と御堂は昇降口に入った。射すような陽射しからようやく解放される。

それぞれ上履きに履き替えたあと、修は麻琴のことを話した。

「――昨日の夜に連絡がきたんだが、白瀬は今日のミーティングは休むそうだ」

「へぇ、珍しいね」

「おふくろさんが、病院に運ばれたらしい」

御堂はかかとを直していた上履きから、顔を上げた。

「それ、大丈夫なの？」

「分からん」

「分からんって――幼馴染なんだろう？」

「昨日の夜に電話がきたんだ。一一時頃だったかな」

「まったく……」

御堂はため息をついた。

「書類をやっつけたら、駅前の和菓子屋で適当に見繕（みつくろ）ってお見舞いに行ってきたまえ。病院の場所は分かるんだろう？」

「分かるが……いきなり行って、迷惑じゃないか？」

「馬鹿か君は。普段そういうことをしない子が深夜に電話してきたんだ。そういう時は、こっちから察するんだよ」

そんなことを話しながら階段を上っていくと、上の方からざわつくような声が聞こえてきた。単に生徒たちが会話をしている感じではなく、何かを見てひそひそと言い合っているような、不穏な雰囲気だ。「恨み」とか「犯人」とか、そんな剣呑(けんのん)な単語まで聞こえてくる。

「……御堂」

「ああ、何かあったみたいだね」

足早に階段を上っていく。四階の廊下に出ると、連絡会事務室の前に人だかりができていた。

駆け寄っていくと、そのなかに映画研究会の佐久間がいた。

「佐久間、何があった?」

「ああ、蔵元か……大変なことになったな」

佐久間がこちらを向いて、渋い表情をつくった。

「お前ら、誰かの恨みを買ったのか?」

「恨み?」

修はそう聞き返し、そして絶句した。

連絡会事務室の廊下側の窓が、粉々に割れていた。

戸棚の引き出しはすべて開けられ、中身は床にぶちまけられている。バインダーや文房具類も机の上に散乱していた。陶芸部から譲ってもらったという茶・黒・白の三毛模様の花瓶は、活けていたユリの花ごと文字通りひっくり返されていた。すでに数名の教師が連絡会事務室のなかに立ち入って、メモをとりながら検分して回っている。

まるで小さな台風が、部屋のなかを通過したかのようだった。

＊

連絡会事務室のなかから出てきた教師を捕まえて話を聞くと、次の通りだった。

今朝一〇時頃、映画研究会の部員が部活動のため登校した際に、この惨状に気付いたという。昨日の夜の六時に警備員が見回りをした時に異常はなかったから、犯行は昨晩夜六時から今朝一〇時までの間。外部犯かは、いまのところ特定できないとのことだった。

「ちなみに、金庫は――」

「ああ、それは無事だったよ。へこみやひっかき傷みたいなものがたくさんあって、道具でこじあけようとしてたみたいだけどね。さすがに丈夫だ」

修は安堵のため息をつく。連絡会事務室に置いてある大型の耐火金庫のなかには、部活連絡会の大事な資料と文化祭のためにおろしていた一〇万円が入っていた。

「ちなみに、警察は呼ぶんですか？」

「それは検討中だね……まあ、お金も盗まれてないわけだし、そんな大事にする必要はないかなと思ってる。受験のストレスの憂さ晴らしという可能性も捨てきれないからな」

まあ、それはそうだろう。例の幽霊騒動でも思ったことだが、この学校の教師陣はとにかく面倒事を避けたがる傾向にある。通報しないですむならそれに越したことはないと思っているに違いなかった。

「結論としては、犯人は金品狙いで侵入したものの、金庫を開けられなくて退散した――っていうところかな」

「――先生、この後ちょっとだけ連絡会事務室に入ってもいいですか？」

突然、御堂が横から会話に割り込んできた。

「え!?　いや、それはちょっと……現場保存とかもあるからな」

「なかに大事なモノを置いてあるんです。それが無事かどうか確かめたくて」

「まあ、そういうことならいいが……まだガラスが散らばってるから、気を付けろよ」

教師は納得してくれたようで、最後に施錠を忘れないようにと念押ししてから、階段の方へと向かっていった。

「……大事なモノって、何だ？」

「君はアホか。連絡会事務室に入るための方便だよ」

御堂はしれっとした顔で、事務室のなかへと入っていく。

「よーく見たまえ。これが、ただの物盗りの犯行現場に見えるか？」

まるで台風が通り過ぎたような室内を、修はまじまじと見た。

デスクライトは根元から折られている。パソコンなどの電子機器類はすべて机から床に落とされて、液晶ディスプレイは蜘蛛の巣状にひび割れていた。読書週間のポスターは破かれ、ソファは横転している。

言われてみると、確かに「金目の物を探すために部屋を荒らした」という範疇(はんちゅう)を超えているように思える。むしろ物盗りは二の次で、遊び半分で部屋をぐちゃぐちゃにしてやったという印象すらある。

「となると……犯人は物盗り目的っていうより、俺たち部活連絡会が気にくわなくて、こんなふうに嫌がらせをしたってことか？」

「そっちの可能性が高いと思うよ。いくら金庫があるとはいえ、高校の部活連絡会が保管している金額なんて、たかがしれてるわけだし」

御堂はさして驚いた様子もなく首肯(しゅこう)する。御堂自身、他人に指図されることは嫌うタイプだから、もともと部活連絡会にはあまり良い印象を持っていなかったのかもしれない。

「……全校で五〇〇〇人いるんだ。そりゃあなかには、色々な考え方のやつがいるだろ。ルールやらマナーやら会議やら、そんなのどうでもいいから好き勝手にやらせろっていうのも、賛成はできんが、一意見としてはアリだとは思う」

しかし、と修は続ける。

「だったら、面と向かってそう言えばいい。こんな、脅しめいたやり口で嫌がらせするなんていうのは、下の下だ」

「まぁ確かに、いたずらにしてはちょっと度が過ぎるね」

修は足下に視線を落とした。そこには、二週間前に修たちが審査員を引き受けた映画コンクールのパンフレットが、横一文字に引き裂かれて落ちている。ただの空き巣であれば、こんなことをする必要はない。やはり性質の悪い愉快犯なのだろうか。

「で、どうするのさ？　あとは学校に任せるかい？」

「それでもいいが……まぁ正直、期待はできないな。とりあえず、俺たちでできることをやっておくか」

現場を荒らさないよう注意しながら、修と御堂は室内を歩き回ってヒントになりそうなものを探した。

しかし、ここまで部屋のなかを滅茶苦茶にされてしまうと、逆に何に注目するべきなのか分からない。たとえば、もしこの現場に何か見慣れない物が落ちていたとして、それがもともとこの部屋の戸棚のなかにあって床にぶちまけられた物なのか、あるいは犯人が落としていった物なのか、修には判別できなかった。

それでも辛抱強く観察してみると、いくつか気になる点が見つかった。

「御堂、これ見てみろ」

修は床に打ち捨てられているスチール製の引き出しを指さした。

「取っ手の部分、やけに光沢がないか？」

御堂は指紋がつかないよう気を遣い、手の甲で取っ手の部分に触れる。

「……なるほど。微かだけど、まだ濡れてるね」

「指紋を消すため、水拭きしたってとこか」

「ふむ――」

御堂は、床に落ちているバインダーや、デスク周り、ソファの肘掛けなども注意深く見ていった。

「手の触れてそうな箇所は、どこも一通り拭いてあるみたいだね」

「なんだ、意外に小賢しいな」

それは、この空き巣に十分な計画性があったことを意味する。

「ちなみにボクが気になったのは、それかな」

御堂は振り返ると、廊下側の窓付近の、ガラス片の散らばっているあたりをちらりと見た。遠目には、透明なビーズがばらまかれているようにも見える。

「ただの割れたガラスにしか見えないが……」

修はガラス片を踏まないよう気をつけながら、近くまで歩いていった。

状況から言って、犯人は窓ガラスを割って部屋に侵入してきたことは間違いない。その際に、割れたガラスが床に散らばった——その理屈に違和感はないと思った。

「ガラス自体は、別に良い。問題は位置関係だよ」

「位置関係？」

「よく見たまえ。ガラス片はどれも、床に落ちている物の上に、まぶされるようにして散らばっている」

「はぁ——」

だからなんだ、という疑問を表情で伝えると、御堂は呆れたように修を見た。

「……まだ分からないのかい？」

「いや、お前の言い方がまどろっこしいんだよ」

「『1＋1』まで言ってあげているのに、そこから『2』と出てこないのを、こっちのせいにされてもね……まぁいいさ、おサルさん向けに補足しよう。犯人がこの部屋に入ってきたことと、部屋のなかを荒らしたこと。時系列で言うと、どちらが先だと思う？」

「──そうか！　犯人は窓ガラスを割って侵入してきたあと、部屋のなかを物色した。すると、割れたガラスの上にバインダーやら書類やらがないと、辻褄が合わない」

「いまさらそんな『ひらめいた』みたいな言い方されてもね……進化までの道のりは遠そうだ」

御堂は遠い目をして言う。

「……ん？　御堂、ちょっと待て。となると、犯人はどうやって連絡会事務室に入ったんだ」

「論点はそこさ」

ようやく追いついてきたか、と言わんばかりの口調だ。

「生徒に貸与された正規の鍵は三本だけで、ボクと君と麻琴が一本ずつ持ってる。ボクは合鍵を作ってないけど、君は？」

「俺もだ」

そもそも校則で、貸与された鍵をコピーすることは禁止されていたはずだ。それに鍵には「英印高校　部活連絡会事務室」と刻印がしてあるから業者に持っていった段階で怪しまれ、場合によっては学校に連絡がいく。それに麻琴が校則を破るとは思えないから、合鍵の可能性は除外できるだろう。

「シンプルに、マスターキー、っていうのはどうだ？　職員室に置いてあるだろ」

「まあ、なくはないけど、マスターキーは職員室のセキュリティボックスで厳重に管理されてたはずだ。少なくとも、こっそり職員室に忍び込んで拝借できるような代物じゃない。よっぽど教師に信頼されていれば、適当な理由をでっちあげてセキュリティボックスを開けさせて、隙をついて盗むなんていう芸当もできなくはないだろうが——」

御堂は、徹底的に荒らされている連絡会事務室をぐるりと見渡す。

「見ての通り、こんな品のないことをする連中だ」

「まぁな」

やはりこの説も却下だ。不確定要素が多すぎる。

「しかし、となると、これは状況的にいよいよアレだね」

「アレ？」

御堂はおかしそうに言った。

「密室だよ」

＊

そんなことを話しているうちにも、騒ぎを聞きつけたのか、連絡会事務室前の廊下のギャラリーがさらに増えていった。「蔵元さんが壊滅させた暴走族のお礼参りらしいぜ」「いや俺は御堂さんがヤバイ人の女に手を出してその報復って聞いてる」と、さっそく根も葉もない噂が聞こえてくる。いちいち否定するのも面倒なので無視していると、気になる会話が聞こえてきた。

「これって……もしかして、矢部（やべ）が言ってたやつじゃないか？　ほら、昨日夜景を描いてる時に変な音が聞こえてきたっていう」

「ああ。あいつ、先生には報告したのか？」

どうやら、事情を知っているやつがいるらしい。野次馬たちの方をじっと見ると、男子生徒二人とちょうど目が合った。上履きの色から、一年生だと分かる。

「おい、そこの二人！」

修が呼びかけると、二人は怯えたような表情で顔を見合わせ、そそくさと廊下の奥の方へと立ち去ってしまった。

「なんだあいつら、やましいことでもあるのか？」

「いまのはどう見たって、君のその凶悪犯みたいな顔と縄張り争いするゴリラのような雄叫びのせいだろう……」

御堂が呆れ顔で呟く。

「いや、俺はただ話を聞こうとしただけだぞ？」

「……まぁいいさ、あの二人には見覚えがある。美術部の新入生だ。ボクが今度あらためて話を聞いてくるよ。あと、君は明らかに情報収集には向かないから、ここで大人しくしていたまえ」

御堂はそう言って野次馬たちに話しかけ始めた。ゴリラ扱いは心外だが、実際、多数の相手とコミュニケーションをとって情報を集めるような作業は確かに御堂向きだ。修が手持ち無沙汰にしていると、聞き覚えのある声が肩越しに話しかけてきた。

「蔵元先輩」

振り向くと、ジャージ姿の女子生徒が立っていた。

「ああ、根岸さん」

「なんだか大変なことになりましたね……」

彼女は割られた窓ガラスを見ながら眉根を寄せる。

根岸は陸上部と生物学研究会を兼部している一年生で、修とは夏休み前の幽霊騒動で知り合った。以前会った時よりも髪が少し伸びていて、後頭部のあたりで一つに結んでいた。ジャージ姿のところを見ると、今日は陸上部の方に出るのだろう。

「参考までに聞かせて欲しいんだが……昨日は陸上部と生物学研究会、どっちに出てた？」

「生物学研究会の方です」

「そうか、ちょうど良かった」

生物学研究会の部室は、連絡会事務室の二つ隣だ。

「ご覧の通りの有様(ありさま)なんだが……何か知らないか？　昨日、廊下で不審なやつらを見かけたとか、近くで変な物音がしたとか」

「うーん……すみません。特に思い当たらないですね」

根岸は申し訳なさそうに言う。

「私たち、昨日は正午ぐらいで部活を切り上げたんです。帰る時に連絡会事務室の前を通ったんですけど、少なくともその時は、いつも通りだったと思います。白瀬先輩も一緒でしたから、気になるようでしたら確認してください」

「なるほど――」

昨日の夜六時の時点で犯行が行われていなかったことは、すでに先ほどの教師からの聞き取りで分かっている。となると、正午の時点で無事だったというのは当然と言える。

「私の方でも、陸上部や生物学研究会の人たちに、何か気になったことがないか聞いてみます」

「悪いな」

「いえいえ。幽霊騒動を解決してくださった、ほんのお礼ですよ――そう言えばミズキ、目を覚ましたみたいです。今度、みんなでお見舞いに行ってきます」

「そうか、何よりだな。……確か事件のきっかけを作った上級生たちは、停学になったんだろ?」

「ええ、部活もやめました。いまは昼間からゲームセンターに入り浸って、立派に不良の仲間入りを果たしたらしいです」

つまり、拗ねているということか。本来なら退学処分でもおかしくないのに、つくづく救えないやつらだ。

「じゃあ、聞き込みの件、悪いが頼む」

「あの――」

踵を返してその場から離れようとする修を、根岸が呼び止める。

「白瀬先輩のお母さんの話、聞きました?」

「……ああ。昨日の夜、連絡がきた。今日はおふくろさんに付き添ってるそうだ」

「私も連絡をもらった時びっくりしました。昨日は白瀬先輩、帰ったらお母さんに好物のパスタを作ってあげるんだって嬉しそうに話してたんです。まさかその直後に、こんなことになるなんて……」

根岸は目を伏せながら、悲痛な声で言った。

＊

修は家に帰ると、スラックスを脱いでジャージに穿き替え、そのままベッドに倒れ込んだ。朝の時点では、家に帰ったら夏休みの課題を進めていこうと思っていたのだが、とてもそんな気にはならない。連絡会事務室に入った空き巣と、麻琴の母親の容態。その二つのことが、頭のなかをぐるぐる回っていた。

学校を出たあと、結局、麻琴の母親の見舞いには行かなかった。というより、行けなかったのだ。調べたところによると、お盆の期間中は面会時間が普段よりも短くなっているらしく、最終受付は正午だった。自転車を飛ばせば間に合わないこともなかっただろうが、かなり慌ただしいことになってしまいそうだったので、翌週以降に出直すことにした。

この何気ない選択を、修はのちに深く後悔することになる。

たった数分の面会でもいいから、この時、見舞いに行くべきだったと――。

＊

週明けの月曜日。

夕方に修がランニングから戻ってくると、父の賢介がなぜかスーツに着替えていた。この暑いのに、ジャケットまで羽織っている。体重一〇〇キロを超える賢介は大の暑がりで、いつも秋口までワイシャツ一枚で過ごしていたはずだ。

「オヤジ、いまから仕事？」

「修、ちょうど良かった。あと二〇分で出るけど、大丈夫かい？」

「俺も？」

その時修は、父親の首元のネクタイが、墨を塗り込めたような黒色であることに気付いた。よく見ればジャケットとスラックスも、いつものネイビーやグレーのものではなく、洒落っ気のないダークスーツだ。いくら高校生でも、その服装の意味ぐらいは知っていた。

「うん。白瀬さんのところのお母さんが一昨日亡くなって、いまからお通夜だそうだ」

亡くなった――その言葉の意味を飲み込むのに、少し時間が掛かった。

「いや、いまから通夜って……」

以前に親戚の通夜に出た時は、亡くなったという連絡がいったん来て、さらに通夜の数日前に追って日取りや会場の案内が来たことを覚えている。もちろん、細かい段取りは家や地方によって違うのだろうが、通夜の数時間前に知らされるというのは、いかにも慌ただしい感じがした。

「親族は麻琴ちゃん一人だからね。色々とバタついて、連絡まで手が回らなかったんじゃないかな」

修は急いでシャワーを浴びると、制服に着替えた。クローゼットのなかから、久しく着ていない上着を引っ張り出してくる。八月とはいえ、シャツだけで通夜に行くわけにもいかない。

ひげを剃って玄関を出ると、賢介はもう家の前に車を回してきていた。

「おふくろは？」

修は助手席に乗り込みながら訊ねた。

「七時までは患者さんの予約でいっぱいで、手が離せないらしい。終わってから来るそうだけど、間に合うかどうかは微妙だね」

二〇分ほどで、町外れにある公民館に着いた。玄関の前には、二脚の長机が並んで置いてあり、「白瀬家」と毛筆で書かれた白い紙が垂れていた。長机の前には、すでに六、七人の弔問客が並んでいるが、それに対応しているのは若い女性一人で、いかにも大変そうだった。香典の受け取り、記帳、席への案内と、一人でさばくには無理があるように見える。修の記憶だと、このあと通夜ぶるまいの食事を差配したり、帰り際には返礼品を渡したりといった作業も待っているはずだ。本来なら数人でやるものなのだろうが、かなり慌ただしくなってしまったので、人を集めることができなかったのかもしれない。

「修、ぼく、手伝ってくるね」

「え？　いや、でも、親戚でもないのに逆に迷惑じゃ……」

「まっ、大丈夫でしょ」

すると賢介は、通夜にはやや場違いな人なつっこい表情を浮かべて、受付の女性に話しかけた。すると彼女は大げさなぐらいに恐縮して、しかし本当に助かったと言う様子で、賢介に記帳対応を任せた。このあたりの人の良さは、我が父ながら大したものだと思う。少なくとも修は、ここまで自然に人の助けに入れない。

修は、手際よく対応している父に横から話しかけた。

「オヤジ、俺も力仕事ぐらいはやる」

「あ、そう？　じゃあ、そこに弔問の人たちからもらった供花があるから、会場に持っていってもらっていいかな」

「分かった」

そのあとの一、二時間は、受付と会場の間を慌ただしく動き回っていた。

身体を動かしているうちに、ふいに記憶がよみがえってくる。

子供の頃家に遊びに行った時、麻琴の母はよくモツ煮込みやフライドポテトなど軽食を出してくれた。いまにして思えば、それらは夜に一階のスナックで出す予定のものだったに違いない。麻琴は「ママ、こんなのやめてよ」と恥ずかしそうだったが、抜群にうまかったので、修はいつも飲むようにかき込んだ。うまい、うまいと連呼していると、麻琴は今度は別の意味で照れたような表情になり、「そうでしょ？」と自分の手柄のように言うのがまたおかしかった。家に帰ったあと、料理といえば冷凍食品が主力の母親に、「マコトのお母さんの料理は、うちのと違ってチンしなくて、すごくおいしかった」と馬鹿正直に伝えると、むくれて三日ほどまともに夕食を出してもらえなかった覚えがある。

しかし、もうあの手料理は、食べられないのだ。

そう思うと、いまさらながらに、「ああ、あの人が亡くなったのだ」という実感が湧いてきた。

＊

麻琴は式中、親を亡くした同年代の高校生とは思えないほど、気丈に振る舞っていた。

食事のふるまいまで終わると、修と賢介は片付けを始めた。麻琴はさすがに心労が溜まっているのか、弔問客の見送りは手伝いの女性に任せて、ぐったりとした様子で棺の近くの椅子に座っている。

声を掛けようと思ったが、何を言えばいいのか分からず、躊躇した。こういう時に気の利くタイプではないことは、自分が一番よく分かっている。

「蔵元」

突然呼びかけられて、修は振り向く。

そこには、修と同じ英印高校の制服を来た男子生徒がいた。撫でつけた黒い髪が印象的で、制服を着ていなければ、若手の営業マンで通用しそうな印象だ。

「——御堂か？」

「見れば分かるだろう」

言われてみれば、その皮肉っぽい口元とやたら綺麗な顔立ちはどこからどう見ても御堂なのだが、雰囲気が普段とはまるで違った。

「その髪、どうしたんだ？」

「ウィッグだよ。さすがに銀髪でお通夜には来られないだろう」

そう言えば、ピアスも外している。

「お前、意外にTPO弁えるんだな」

「ボクはどうでもいい、問題は君だ」

御堂は、修の手から、片付けようとしたパイプ椅子をひったくった。

「まだ、麻琴に話しかけてないんだろう？　早く行ってきたまえ」

「……いや、俺よりお前が」

「馬鹿か君は？」

御堂はほとほと呆れたという顔で修を見た。ポーズではなく、本気で苛立っている様子だった。

「自分は一〇年来の幼馴染だから呼び捨てしていいのだと、そうマウントとってきたのは君の方だぜ？　それともなんだ、一〇年来の幼馴染っていうのは、呼び捨てすることに抵抗はなくても、片割れが辛い時には声もかけられないのかい？」

「それは……」

修は言葉に詰まる。

「何があったかは知らないけど、さっさと行ってきたまえ。会場の片付けぐらいは、代わりにやってやる」

言われてみて、はたと気付く。

いま一番辛いのは、母親を亡くした麻琴だ。

自分の得手不得手なんて、いまはどうでもいい。そんなものに気を取られて、孤独の淵に吸い込まれそうになっている幼馴染の手を握れなかったら、ただの腰抜けだ。

「――悪い、頼んだ」

修は頷いて、麻琴のいる方へと向かっていった。

どう声をかけるべきか迷ったが、結局出てきたのは最初に思いついた言葉だった。

「あー……白瀬。その、なんだ。ずっと忙しかったと思うから、ちょっと裏手の方で、ジュースでも飲まないか？　コーラぐらいなら、おごる」

口にしてから、果たしてこの話しかけ方で良かったのだろうかと不安になる。

しかしゆっくりと顔を上げた麻琴は、口元に手をあてて、わずかに笑ってくれた。

＊

「色々手伝ってくれて、本当にありがとう」

「いや、俺は何も」

「うち、お手伝いを頼めるような親戚の人、いないからさ」

「……受付やってた人は？」

「中学の時の、担任の先生。後でちゃんとお礼しないとね」

遠くの親戚より近くの他人。そんなことわざが頭をよぎる。もっとも、一般化できる話でもないだろうが。

公民館の裏手には小さな公園があり、修は古ぼけた自動販売機でコーラを買った。

「普通のやつとゼロカロリー、どっちがいい？」

「じゃあ、普通のやつもらっていいかな」

御堂は右手に持ったペットボトルを麻琴に渡した。そして、松の木の下にあるベンチに二人並んで腰掛ける。日が翳ったせいか、暑さは日中よりもだいぶ和らいでいた。

「修、この公園おぼえてる？」

「ああ、よく遊んだな」

滑り台やブランコなどの遊具たちは、まるで忘れ去られたようにうらぶれた佇まいで、薄暗い公園に配されている。ライオンやウサギの顔が積み上げられているトーテムポールなど、ちょうど動物の目のあたりのペンキが禿（は）げているせいで、虚空を見つめる多頭エイリアンの様相を呈していた。ここで遊ぶ子供だっているだろうし、色ぐらい塗り直してやればいいのにと思うのだが、市庁舎の自動ドアが壊れたまま一ヵ月以上放置されているあたり、この町にはもはやペンキを買う金もないのかもしれない。

「修、あの頃から身体は大きかったけど、運動はあんまりだったよね」

「そうだな」

「ジャングルジムから落っこちて、泣いてなかったっけ？」

「あったな」

懐かしい話だった。修がボクシングで頭角を現してきたのは小学校高学年からで、それまでは、ウスノロと馬鹿にされることもあった。いま思い返してみると、身体の発育に運動神経がついていいかなかったのだろう。

「その修が、世界選手権で優勝かぁ……あらためて考えてみると、すごいよね」

「……俺もたまに、信じられなくなる」

それは謙遜ではなく、本当のことだった。

「知ってる？　噂だけど、修に高校卒業後も地元に残ってもらえるように、本格的なボクシングジムをつくるプロジェクトを市長が考えてるんだって」

「まじかよ」

修は笑う。そんな金があるなら、まず公園のトーテムポールを塗り直して欲しかった。

「そのぐらい、期待されてるってことだよ」

「……責任重大だな」

修はコーラに口をつける。そうしてはじめて、喉が渇いていたことに気付く。通夜の間ひっきりなしに動いていたせいか、思っていたよりも汗をかいていたらしい。一気に半分ほど飲んでしまった。

「お母さんもさ、修が活躍するたびに、すごく喜んでた。まるで自分のことみたいに。デイケアでも、ニュースのスポーツ特集で修が出ると、まるで自分のことみたいに自慢してたんだって」

「……」

「あと数年頑張ったら、修がオリンピックで金メダル獲るところも、見られたかもしれないのにね」

麻琴は笑ってみせたが、やはり、どこか無理して作った表情にも見えた。

「部活が終わって家に帰ったら、お母さんが頭から血を流して、台所に倒れてたの。お腹が空いて、自分で何か作ろうとしてたのかな？　キッチンマットに足を引っかけて、倒れた拍子に頭を打ったみたい」

「……そうか」

そんな返事しかできない自分が、ほとほと嫌になる。

「お医者さんは、見つけるのがあと一時間早ければ、って言ってたけど」

「それは、結果論だろ。お前のせいでもないし、部活のせいでもない」

遺族を責めるようなそんなコメントをした無神経な医者の首根っこを、いますぐ締め上げてやりたかった。

「でも……」

「白瀬、お前は十分すぎるぐらいに、頑張っただろ？　進学校でも成績は常に上位で、一人で家事をして、おふくろさんの生活のサポートもしながら、部活連絡会の役員まで務めてる。同じことをやれって言われても、できるやつなんて、日本の高校生に何人もいないはずだ」

お世辞でもなんでもなかった。コンクールで金賞を獲るより、ボクシングで相手をＫＯするより、やるべきことを毎日確実にこなして責務を全うすることの方が、よっぽど難しい。それが、普段人目につかない地味なことで、誰かから褒められるわけでもないのであればなおさらだ。

「もしかして、励ましてくれてる？」

「そんな気が回る性格じゃないのは、よく知ってるだろ？　事実を言ってるだけだ」

「ふふ、ありがと。ちょっと元気出たかも」

　麻琴はちょうどコーラを飲み干したようで、「んー」と伸びをしながらベンチから立ち上がった。

「そろそろ戻ろうか？　後片付け任せっぱなしも、申し訳ないし」

「ああ」

　そういえば、御堂に片付けを代わってもらっていたのだ。腕時計をちらりと見ると、もう一〇分近く経っている。しかし、貧弱を絵に描いたような御堂と、フライパンを振っても息切れするようなメタボ体型の賢介なので、作業の進捗にはあまり期待できないような気がした。

　公民館の玄関口に戻ると、奥の方から、ずるずると重量物を引きずって動かすような音が聞こえてきた。やはり、片付けはまだ終わっていないらしい。

「この分だと、まだまだ仕事はありそうだな」

「だね、早く戻らないと」

　麻琴は苦笑しながら、ローファーを脱ぐ。その時、制服のスカートから、白い膝がちらりと見えて、修はあわてて視線を逸らした。麻琴の膝には、赤い花を散らしたような無数の傷跡があったのだ。

画鋲や鉛筆の先端、ガラスなど、鋭い何かを押しつけた跡のように見える。それが妙になまめかしく、何か、見てはいけないものを見てしまったような気がした。

――待てよ――

修はふいに、連絡会事務室が荒らされていたことを思い出す。

ひどい有様だった。まるで備品を破壊し、書類をひっくり返すこと自体を楽しんでいるようだった。しかし一方で、指紋が念入りに拭き取られていたことから、計画的な犯行であることが示唆されていた。

もう少し、具体的に考えてみる。もしあの連絡会事務室で、床に散乱した備品の指紋を拭き取ろうとしたら、どうなるだろう？

水拭きには意外と力が必要だから、しゃがみこむのではなく、きっと膝をついて作業するはずだ。しかし、床には窓ガラスが散乱していたから――

「修」

麻琴の声が、一オクターブ、下がった気がした。

しかしその口元には、あくまで穏やかな、優しい笑みをたたえている。

「怖い顔して、どうしたの？」

「――それで君は、何て言ったんだい？」

＊

御堂はコーヒーに口をつけながら訊ねた。

通夜の翌日。志村病院の一階にある喫茶店「まつお」のなかは、今日もがらんとしていた。これで経営が成り立つのかとたまに心配になるが、もしかしたら病院が経営していて、喫茶店単体での収支はあまり気にしていないのかもしれない。

「いや、何も」

修がそう答えると、御堂はひどく悲しそうな顔をした。そして、先ほどまで「筋肉痛で死ぬ」だの「箸より重いものは持てないのに」だのとわめいていた時と同じように、これみよがしに二の腕をさすって見せる。

「このボクが肉体労働を代わってやったというのに、君ってやつは本当に煮え切らないな。その図体は見掛け倒しかい？」

「仕方ないだろ。あのタイミングじゃ」

母親を亡くしたばかりの幼馴染に、面と向かって嫌疑を口にするなんていう真似はできなかった。結局あの後は片付けを終えて、賢介の運転する車で公民館を後にしたのだ。

「ちなみに君の仮説だと、麻琴が犯人、ってことになるんだよね」

「まぁな」

「動機は？」

言いにくいことだったが、御堂に対して隠す必要もないだろうと思い、修は続けた。

「……金だよ。おふくろさんの医療費はローンで払ってるって言ってたが、馬鹿にならないだろうし。今回救急搬送されたことで、さらに負担は大きくなるだろうと、麻琴は病室でおふくろさんに付き添いながら悩んでいたのかもしれない」

「待て。金庫のなかは無事だったはずだろう？」

「まあ、最後まで聞けって。金庫のダイヤルを知ってるのは部活連絡会役員だけなんだから、もし金庫が開けられてたら、容疑者はいきなり三人になる。だからまず室内を荒らして外部の犯行に見せかけることにした。そのうえで、あえて正規の方法ではなく、レンチとかドライバーとかの工具でこじあけようとした。だけど金庫は思ったよりも固くて、びくともしなかった。結局、諦めて逃げ出した」

「そこ、ちょっと苦しいな」

「しかし麻琴は鍵を持ってるから、密室の件もクリアできる。鍵を持っていない人間の犯行に見せかけるために、わざわざ窓ガラスまで割ったと考えれば、位置関係の辻褄も合うだろ」

　御堂は銀色の毛先をいじりながら、「うーん」とうなった。

「君の言うことも、分からなくはないけどね」

「何か気になるか？」

「どうにもちぐはぐだ」

　御堂は言う。

「大体、もし本気でレンチやらドライバーやらで金庫をこじあけるつもりだったなら、あらかじめ金庫の強度ぐらいは確認しておくだろう。ぶっつけ本番でやって『できませんでした』って、さすがにアホすぎる。一方、外部の犯行に見せかけるための窓ガラスの細工は、なかなか落ちついた判断だ。同じ人間がやったこととは思えない」

　それだけじゃない、と御堂は続ける。

「犯人は犯行後、指紋を丁寧に拭き取っている。しかし、それだけ用心深い人間が、最初から手袋もつけなかったっていうのは奇妙じゃないか？　もし麻琴が犯人なら、そんな無軌道な犯行にはならないと思うけどね」

「確かにな……」

　いくら麻琴が焦っていたとしても、やっていることにあまりに一貫性がない。

「じゃあ次は、ボクがこの三日間で調べたことを共有しようか」

御堂は抹茶アイスを口元に運びながら言う。

「まぁ、調べたとはいっても、別に大したことはやっていない。関係者に聞き込みをしたり、あらためて現場を検証したぐらいだ。そのなかで、いくつか新しい発見があった」

御堂は淡々と話す。

「まずは時系列の確認だ。現場を検分していた教師も言っていた通り、犯行推定時刻は八月一六日の午後六時から八月一七日の午前一〇時までの間ということになる。しかし実際には、午後一〇時から翌朝午前六時まで昇降口は施錠されるから、もう少し限定することができる」

「なるほど」

修はポケットからボールペンを取り出すと、頭の整理のため、卓上に置いた紙ナプキンに次のように書き込んだ。

【警備員の証言→異常なし】　【施錠】

八月一六日　一八：〇〇　～　二二：〇〇

【映画研究会 部員の証言→事件発覚】

【解錠】

八月一七日　六：〇〇　〜　一〇：〇〇

「ちなみに、野次馬のなかにいた美術部員たちにも話を聞きに行ってみたよ」

「どうだった？」

「当たりだ。彼らの友人の矢部という美術部員が、一六日の午後八時頃、B棟の屋上で夜景を描いていたらしい。その時に、A棟の方から誰かが室内で暴れまわるような不審な音を聞いたそうだ」

確かに、B棟の屋上と部活連絡会事務室は、直線距離で言えばかなり近い。たとえ窓を閉めていても、B棟の屋上で発声練習をしている放送部の声は鮮明に聞こえてきていた。

「犯人の姿は？」

「残念ながら、事務室に電気は点いていなかったらしくてね。そこまでは見ていないそうだ。しかし、もっと有益な情報がある」

御堂の声が、一オクターブ下がる。

「物音だけじゃなくて、男女数人のふざけるような声が聞こえてきたらしい。そのなかに、数週間前に停学処分を食らった女子生徒たちに似た声があったそうだ」

「……おい、それって」

「そう。水城舞の一件で停学になった元女子陸上部の連中だよ。最近はゲームセンターにたむろして不良くんたちとよろしくやってるらしいから、男の声というのは、そっちの方だろう。まあ、ボクたち部活連絡会への恨みっていう点では、十分すぎるぐらいだ」

陸上部の幽霊騒動を部活連絡会が解決したというのは、別に宣伝してまわったわけでもないのに、わりあい有名な話になりつつあった。彼女たちにとって部活連絡会は——完全に自業自得とはいえ——自分たちを退部や停学の憂き目に遭わせた仇敵である。

「君の説と合わせて考えればこうなる——麻琴は単独犯ではなく、連中と共犯関係にあった。あるいはその連中に、何らかの弱みを握られて、無理やり付き合わされていた。まぁ、麻琴が床に膝をつけて、指紋の拭き取りをしていたなら、後者だろうね。そいつらは暴れるだけ暴れて、面倒な後始末は、麻琴に任せたっていうことになる」

「……」

修は、腹の底から湧き上がってくる怒りを抑えつけるのに必死だった。もしそんな連中がいるとして、目の前に出てきたら自制できる自信はない。

「蔵元、まだ仮説だ。落ち着けよ」

「落ち着いてる」

「嘘つけ。目が据わってる」

御堂は薄く笑った。

「一つ、気になることがある。金庫のダイヤル番号を知っている麻琴がいながら、なぜなかの金は無事だったのか？　麻琴ならともかく、そんな連中が、現金を前にして道徳心を取り戻せるとは思えないけどね」

「そりゃあ、麻琴が守り通したんだろ。知らないふりをしたんだ」

「ふむ──まぁ、そういう解釈もできるかな」

いずれにせよ、と御堂は続けた。

「ボクが集めた情報は、これで全部だ。これをベースにしてさらに何かを積み上げてもいいし、いっそ忘れてもらってもいい。ボクは犯人捜しにこだわってはいないから、もし君が明日から何事もなかったかのように麻琴と接するというなら、それに合わせるよ」

「御堂、お前──」

「むしろボクは、内心、それを望んでいる。あの部屋は案外、居心地がいいからね。平穏に終わるなら、それに越したことはない」

御堂はポケットからキーケースを取り出すと、「英印高校　部活連絡会事務室」と刻印された鍵を惜しむような目でじっと見つめた。そしてふいに、窓の外に視線を滑らせる。

西の山際には、暗雲が立ちこめていた。そういえば朝の天気予報で、今日は夕方から激しい雷雨が降ると言っていた気がする。

「でも、もし君が、麻琴を傷つけることも覚悟でこの一件に決着をつけるつもりなら——

——」

御堂は、射貫(いぬ)くように鋭い目で言った。

「君自身も、最後まで無傷っていうわけにはいかないだろうね」

＊

喫茶店を出たところで、修は御堂と別れた。

頭のなかを整理したかったので、海沿いの道をあてもなく自転車を走らせることにする。とはいえ、よくランニングで走っている道なので、どこをどう行けばどこにたどり着くのか、このあたりの地理は隅々まで知っている。

——もう、いいんじゃないか。

海風にあたっているうちに、そんな気がしてきた。

金は盗まれなかったのだ。部屋のなかはぐちゃぐちゃにされて、備品の買い換えにはけっこうな追加予算が必要になるだろうが、地震にでもやられたのだと思えば諦めもつく。

学内の様々なトラブルを解決するはずの部活連絡会が、その本丸たる連絡会事務室を荒らされたというのは、生徒たちからしてみれば確かに笑いぐさかもしれない。修たち三人は、面目を大いに失することになる。

しかし、だからどうしたと開き直ってしまえば、それまでだ。

確かに、麻琴がこの一件に何らかの形で関わっているという可能性は十分にある。

しかし、もしそうだとしても、きっとやむにやまれぬ事情があったのだろう――そんなふうに思った時だった。

――それで先輩は、いいんですか？――

三年前。法連寺学園の寮から出ていく日に本条から投げかけられた言葉が、聞こえてきたような気がした。

鮮明な声だった。燃えるような夕陽を思い出した。いま手を伸ばせば、あの日差し出された白く細い腕に、触れられるような気すらした。

「……まだ、ダメなのか。許してくれないのか」

情けない声が、自分の口から漏れる。

自分は強くなった。拳に血が滲むまでサンドバッグを叩き続けた。血反吐を吐くまで走り込んだ。また同じ状況に立たされた時、今度は必ず、その手を握れる自信がある。もう二度と、柳瀬のような大人には屈しないと誓える。

それなのに……それなのにまだ、声は聞こえるのだ。

逃げ出したのだから、恨まれて当然だと思う。

見捨てたのだから、憎まれて当然だと思う。

しかし——決して開き直るわけではなく——当時中学二年生だった自分に、そこまでの強さを求めるのは酷ではないだろうか？

修はただ、安全な場所に帰りたかった。住み慣れた部屋で、明日に怯えず穏やかに眠りにつきたかっただけだ。

——一緒に法連寺を変えましょう。こんな場所にいたら、みんな駄目になります——

仕方ないだろう。修は幻の声に反論する。

あの時の修は、弱かったのだ。

どうしようもなく、弱かったのだ。

きっと残ったところで、法連寺を変えることなんてできなかった。一緒に殺されるのがオチだった。

だから、許してくれ。

もうやめてくれ。

お前の理想を押しつけないでくれ――。

そんなことを思った、次の瞬間。

ある一つの考えが脳裏をよぎった。

果たして、理想を押しつけられているのは修だけだろうか？

そのことを思った瞬間、複雑にからまっていた糸がするすると、あっけないほど簡単にほどける。

そうして見えてきた仮説は、すべての違和感を説明し、すべての矛盾を解消するものだった。

「そうか……」

修は呟く。

そして、胃のあたりからふつふつと怒りが湧き上がる。

麻琴に対して、ではない。

幼馴染でありながら、何も気付けなかった自分自身が、ひどく苛立たしかった。

気付く機会は、いくつもあったはずなのに。

「馬鹿か、俺は」

何が「強くなった」だ。

結局のところ修は、家族以外ではもっとも深く結びついていると信じていた幼馴染のことすら、自分の見たいようにしか、見ていなかったのだ。

＊

麻琴の家に着いた修は、家の裏手へと回る。しかし勝手口のチャイムを押してしばらく待っても、反応はなかった。本人に連絡をとってみようとスマホを取り出したところで、一階の窓がガラッと開き、「修、こっちこっち！」と麻琴が手を振るのが見えた。

「ごめん、いまお店の方にいるの！　回ってもらっていい？」

「分かった」

修は応じ、正面口の方から家のなかに入る。

カウンター席が八つ、四人掛けのボックス席が二つの小さな店だ。四年前、麻琴の母親が交通事故に遭ってからずっと休業していたので、蜘蛛の巣が張っているような荒れ果てた姿を想像していたが、そうでもなかった。麻琴がたまに掃除していたのかもしれない。とはいえ、さすがに壁は薄汚れ、床には埃が積もっていた。

麻琴は黒いTシャツにエプロンをひっかけて、せっせとカウンターを水拭きしている。額に汗が噴き出しているところを見ると、一時間以上前から掃除をしていたのだろう。

「……もしかして、店を再開するのか？」

修は訊ねた。

「調理師免許とか、衛生管理の免許とか、色々必要だろ」

「ふふ、私がスナックのママか。それもおもしろそう」

麻琴がおかしそうに言う。

「……一段落したら、この家、売りに出そうかと思ってるの」

「……」

「お母さんは、いつかスナックを再開するのが夢で、絶対に手放そうとしなかったんだけどね。相続するのにも税金かかるし、なんなら土地のローンだって残ってるし。生活のことも含めて冷静に考えると、この家を持ち続けるのは、厳しいかなって思ってさ」

「そうか」

麻琴としても、想い出の家を手放すのは忸怩たる思いだろう。しかし何より、安定した収入のない未成年が生活していくためには、先立つものが必要だ。

「それで、売るならどのみち掃除は必要だし、業者さんにお願いするお金ももったいないから、今朝から進めてるの」

「そういうことだったら、俺も手伝う」

修はシャツの袖をまくって、バケツのなかにあった雑巾を絞った。

「え、本当？」

「いきなり押し掛けたのはこっちだからな」

「じゃあ、お言葉に甘えちゃおうかな」

麻琴は嬉しそうに言う。

「私は台所をやっつけるから、壁をお願い」

「了解」

修は頷くと、壁紙の特に汚れの目立つ箇所に薬剤をスプレーし、雑巾でこすっていった。

これが思っていたよりも重労働で、一〇分も続けていると腕が重たくなってくる。

「疲れてきたら、テーブルの上に置いてあるスポドリ飲んでいいよ」

「悪いな」

汚れてきた雑巾をいったんバケツで絞り、ペットボトルのスポーツドリンクを口に含みながら、修はふと思う。

真実を確かめることは、確かに重要かもしれない。

しかし、いまさら麻琴を問い詰めたところで、時間が巻き戻るわけではないのだ。

すでに彼女の母親は亡くなった。言葉は悪いが、これからは介護に時間をとられることがなくなり、また家を売れば、ある程度まとまった現金が入る。麻琴は成績優秀だから、進学は十分に可能だろう。奨学金と合わせれば、東京の大学に行くことだってできるかもしれない。

やはり言い方は悪いが、不運が重なっていくつもの苦労を重ねてきた幼馴染が、ようやく世間並みの選択肢を享受（きょうじゅ）できるようになったのだ。彼女が必死に隠し通そうとしている秘密をいまさら暴きたてることに、一体何の意味があるのだろうか？

修は子供の頃から、ずっと麻琴に助けてもらってきた。幼い頃はいじめっ子から守ってもらった。リングに立った時には力強い声援をもらった。丁寧に勉強を教えてくれた。そして何より、法連寺学園にいた頃、寮に月に一回届く青い便箋（びんせん）に、一体どれほど勇気づけられたか分からない。辛かった時に自分を支えてくれたものを思い返してみれば、細い眉を綺麗な弓形にして微笑む彼女の姿が、そこにある。

しかし一方で――修は思う。

そうではない麻琴もまた、麻琴なのだ。

大勢の人たちに囲まれながら、誰に対しても分け隔てのない、穏やかな微笑みをたたえているのが麻琴なら、孤独の底で後ろ暗い感情を抱えて、一人薄闇のなかに佇んでいるのもまた、麻琴なのだ。

「白瀬」

呼びかけると、麻琴は「ん、何？」と振り向いた。

もし修が黙っていれば、真実は失われる。それも一つの結末だ。あるいは、いまこの状態こそ、彼女が望んだ人生を送ることのできる唯一の道なのかもしれない。

しかし、嘘で塗り固めた道が、彼女を良い方向へと導いてくれるとは思えなかった。欺瞞（ぎまん）で築き上げた道の先に、麻琴の望む、穏やかで暖かい場所があるとは、修にはどうしても思えなかったのだ。

「――連絡会事務室の鍵って、いま持ってるか？」

麻琴は、掃除の手を止めた。

そして、ふぅと小さくため息をつきながら、どこか疲れたように笑ってみせる。

「そっか、バレたんだ」

＊

筋道立てて考えてみると、状況は明白だった。

屋上で絵を描いていたという美術部員の証言から、連絡会事務室が襲撃されたのは、八月一六日の午後八時前後と見て間違いない。犯人は、元女子陸上部員たちを含む、ゲームセンターにたむろしているというグループだろう。

現場の床に落ちていたバインダーや書類などの上には、ガラスの破片が散乱していた。御堂の指摘した通り、犯人グループが事務室に入ってきた時点では、窓ガラスは割れていなかったと分かる。御堂はこの状況を「密室」と評したが、推理小説のようなトリックを想定するより、鍵を使って出入口から堂々と連絡会事務室に入ってきたと考えた方が自然だろう。

この二つを合わせて考えると、一つの疑問が浮かび上がる。

すなわち――犯人グループは、どうやって鍵を手に入れたのだろう？

「マスターキー」については、職員室で手続きして借りる必要があるから、いったん除外する。合鍵の可能性はあるが、まずは正規の鍵から検討するのが筋だろう。正規の鍵は三つだ。俺、御堂、白瀬の三人がそれぞれ一つずつ持っている。俺はいまも鍵を持っているし、御堂も同じだ」

　修はポケットからキーケースを取り出して、麻琴に見せた。

「となると、残るは白瀬、お前の鍵だ」

「……」

　麻琴は反論せずに、穏やかな表情をしている。

「しかし俺は、お前が連中に鍵を渡したなんて思っちゃいない。もしそういう共犯関係が生じていたとしたら、色々と矛盾が出てくる。たとえば、こうやって疑われることを見越して、事が済んだら鍵を手元に戻しておくはずだ。それに、もしお前が犯行に協力したんだったら、各部活の活動スケジュールをあらかじめ洗って、周辺に人がいない時を選んだだろう。正面のB棟の屋上にいた美術部員に目撃されるなんていうヘマは、避けられたはずだ」

「なんだ。勉強できないなんて言って、やっぱり修、頭いいよ」

　麻琴は冗談めかして笑いながら、カウンターにもたれ掛かった。

「続けて？」

「……となると、犯人グループは白瀬の鍵を盗んだ、ないし落ちているところを拾ったっていうことになる。まぁ、これは別にどっちでもいい。とにかく鍵を手に入れた連中は、美術部員の証言通り、八月一六日の午後八時頃に、連絡会事務室で暴れまわった。

一方、お前も鍵がなくなった事実には気付いていた。鍵には『英印高校　部活連絡会事務室』と刻印がしてあったから、拾った誰かが連絡会事務室に不法に侵入しないか、心配した。何せ、決して少なくない現金を金庫に保管していたからな。しかし、ちょうどおふくろさんが倒れて病院に救急搬送されていたから、すぐに様子を見に行くことはできなかった」

麻琴の表情は変わらなかった。諦観にも似た穏やかさが、端整な顔立ちに滲んでいる。しかし、推理を進めていくごとに、彼女の修を見る目が、まるで知らない人を見るように冷たくなっていくのを感じた。今日を境に、修と麻琴の関係性は大きく変わってしまうかもしれない——そんな予感がした。

「そしてお前は頃合いを見て病院から抜け出した。学校に着くと、連絡会事務室の惨状を目の当たりにし、鍵を盗まれた、ないし落としたという自分の不始末をなんとか学校側に隠そうとした。つまり、犯人は正規の鍵を使ったのではなく、窓ガラスを割って侵入してきたのだと、カモフラージュしようとしたんだ。

丁寧に指紋を拭き取っていたのは、もし警察沙汰になって本格的な捜査が行われた場合でも、犯人グループにたどり着けないようにするためだろう。もし犯人たちが、警察に

『拾った鍵を使って入りました』なんて言ったら、結局、お前の不始末はバレるからな」

「……不始末、って」

麻琴は口元に自虐的な笑みをたたえている。唇から漏れた声は、疲れ切っていた。

「そんな、蛇の生殺しみたいな言い方、しないでよ。ちなみに事実を言うとね、私は鍵を落としちゃったの。でもそんなこと、カモフラージュしてまで、隠すことじゃないと思わない？　確かに不注意だったかもしれないけど、悪いのは犯人グループなんだから」

分かってるんでしょう？　と目が言っていた。

修としても、別に焦らすようなつもりはなかった。ただ無意識のうちに、核心に触れることを先延ばしにしていたのかもしれない。

だが、それももう終わりだ。

結論を言わなければいけない時が近づいていた。

ヒントはあった。以前、賢介は夜道で麻琴に声をかけた時、反応がなかったと言っていた。この話を聞いた時は、麻琴は呼びかけられたことに気付かないほど疲れていたのだろうと思った。しかし、ここで本当に注目するべきなのは、それが夜の九時であったという点と、麻琴が制服姿だったという点だ。

以前、放課後に麻琴を志村病院まで呼び出した時、現れた彼女は私服姿だった。つまり麻琴は普段、家に帰ったら私服に着替えるのだ。母親の介護をしなければならない麻琴が、なぜ制服姿のまま――つまり放課後一度も家に帰らずに、夜九時まで出歩いていたのか？

もし賢介に呼びかけられて応じたら、会話のなかでそのことを指摘される恐れがある。だから麻琴は、気付かないふりをしたのではないか――修はそんな仮説を立てた。

「……白瀬。お前が本当に隠そうとしたのは、鍵を落とした事実じゃない。鍵を落とした、その場所と時間だったんじゃないか？」

「……」

麻琴は答えない。

「八月一六日の夜に電話で話した時、お前は午後四時頃から病院にいると言った。しかし根岸からは、この日、生物学研究会の活動は午前中に終わったと聞いている」

もしこの二つの証言が事実だとすると、事態はひどく奇妙なことになる。

「この町がいくら田舎って言ったって、無医村ってわけじゃない。通報してから救急車がきて、志村病院に運び込まれるまで、どんなに長く見積もっても一時間はかからないだろう。運び込まれた時間から逆算すると、お前は午後三時頃には救急に通報したっていうことになる。

しかし、これはどう考えたっておかしい。お前の通学時間は、せいぜい三〇分ぐらいだろ？　自転車だから、バスや電車と違ってダイヤの乱れもない。それなのに、どうして正午に学校を出たあと、家に帰って救急に通報するまで三時間も経ってるんだ？」

医者は容態の急変について、「あと一時間早ければ、処置できたかもしれない」と言った。

麻琴は当日、まっすぐ家に帰れば三〇分もかからない道のりに、三時間かかった。

個別に見れば、前者は単なる不運であり、後者はただの寄り道だ。誰かが責められるような話ではない。

しかしこの二つを組み合わせると、恐ろしいことになる。

麻琴が寄り道したばかりに、治療が手遅れになったというロジックが成立する。

「白瀬。お前ひょっとして、その三時間の間に鍵を落としたんじゃないか？　そして、落とした場所は、犯人グループが普段たむろするような場所——ゲームセンターだった」

そのことが明るみに出た時、彼女はどうなるだろう？

八月一六日の時点では、麻琴の母親は治療を受けていた。しかし、医師からかなり危ない状態だということは知らされていた。

この先、もし母親が亡くなって、しかも寄り道の事実が世間に明るみに出たら、自分はどうなるか——麻琴は病室で母親に付き添いながら想像したに違いない。

仕方なかった、タイミングの問題だ、不運が重なっただけだ。そう言う人もいるだろう。だが、何人かは必ずこう言うはずだ。

娘が盛り場で遊んでいたせいで、母親が死んだのだ――と。

「お前は、自分が鍵を落としてしまった事実を、絶対に知られてはいけないと思った。だから『犯人は鍵を持っていなかった』と思わせるため、窓ガラスを割った。そのうえで、仮に本格的な捜査が行われても犯人グループが捕まることのないよう、指紋まで拭き取った」

修は話し終えると、小さく息を吐いた。

天井の照明は壊れているようだが、窓から射し込む八月の夕陽が、室内を明るく照らして眩しいほどだった。

しかしその穏やかな光は、麻琴の腰掛けているカウンター席には届かず、彼女の浮かべた笑みは薄闇にまかれている。修は一瞬、彼女が、ひどく遠い場所にいるような気がした。

「――メダルゲームって、知ってる？」

麻琴は、ぽつりと言った。

「あれ、意外と時間つぶせるの。コツさえ摑めば、元手が少なくてもそれなりに安定するんだよね。私が得意なのは――なんていうのかな、正式名称は知らないんだけど――クレーンですくったメダルを、前後に動いてる段差の上に落とすやつ。単純だけど、けっこうおもしろいよ」

「……」

「家に帰るのが何となく、嫌になっちゃってさ。お母さん、事故に遭ってからまるで人が変わったみたいに、いきなり怒鳴ったり、物を投げるようになったの。最初はちょっと気分転換のつもりで、町はずれのゲームセンターに行ったんだ。お金がないから、メダルゲームばっかりだったけど。

そのうち、週に二回ぐらい行くようになった。罪悪感もあったけど——家でお母さんと二人きりになると、すごく息が詰まるから。たまにはいいよねって、自分に言い訳して」

修には、介護の経験がない。

しかし、彼女の過ごしてきた日々を想像することはできた。

優しかった母親が、日を追うごとに少しずつ別人のようになっていく様子を見て、何を思ったのか。

成績優秀で、関東圏の有名大学にストレートで入れるぐらいの学力があるのに、地元に残らなければいけないことを、どうやって納得したのか。

部活で、一人だけフィールドワークにも展示会にも行けないことに、引け目やみじめさを覚えなかったのか。

　誰かと遊びに行っても、必ず午後六時までには帰らないといけないことに、不自由さや窮屈さを感じなかったのか。

　家族が重荷だと――自分をこの町に縛りつける枷だと、ただの一度も、思わなかったのだろうか？

「麻琴……」

　どうして、相談してくれなかったんだ――。

　そんな言葉を思いついて、しかし結局、言えなかった。

　修は麻琴のことを、いつも冷静で、努力家で、誰に対しても分け隔てのない人柄だと思っていた。いや、たぶん修だけではない。周囲の誰もが、彼女の優しさを無限に近いものだと思っていた。だからこそ、困り果てた教師や生徒たちは麻琴を頼り、甘え、助けを求めたのだ。浜田は脅迫者の正体を探すため、根岸は幽霊騒動を解決するため、映画研究会の佐久間はコンクールの審査員の代打を頼むために、麻琴のいる連絡会事務室を訪れた。「白瀬麻琴なら必ず引き受けてくれるだろう」と信じて。

　そして、まさにその厚い信頼こそが、麻琴をここまで追い詰めたのだ。

　どんな悩みにも力になってくれる。どんな頼みも聞いてくれる。どんな時も裏切らないでいてくれる……そんなふうに思われたら、もはや弱音は吐けない。周囲を失望させたくなかったら、理想の優等生であり続ける他ない。

相談なんて、できるはずがなかったのだ。

「――ああ、すっきりした」

麻琴は目を閉じて、まるで何かから解放されたように、清々しい声で言う。

「修、分かったでしょ？　これが私だよ。『どうしていつも私だけ』って頭のなかでは不平不満がぐるぐる回っているくせに、みんなには幻滅されたくなかったから、物分かりのいい優等生のふりをしてただけ。早く誰かに助けてもらえば良かったのに、変なところでプライドが高いから、それもできなかった。そのあげくにお母さんの介護を投げ出して、取り返しのつかないことになって、それでもまだ優等生でいたいから細工をして……」

いつも穏やかな麻琴の声が、いまは乱れていた。ずっと胸の内に秘めていたものを、無理やりに喉から絞り出すようだった。揺れて前に流れた一房の髪が、彼女の左目を覆い隠す。

「これが本当の、私なんだよ……！」

麻琴は自分自身を突き刺すように、鋭く言う。

そして、ひどく疲れたように、ゆっくりと目を瞑った。

＊

麻琴に連れられて二階の和室に上がると、修はまず仏壇に向かって手を合わせた。懐かしい部屋だった。

ふすまの破けた押し入れも、飴色の戸棚も、昔から変わっていない。小学生の頃遊びに来た時、窓から海を眺めながら行きたい国を挙げたり、行き交う船に名前をつけたり、そういう他愛もないことをあたりが暗くなるまでよくやっていた。部屋の隅にある柵つきの電動ベッドだけが、修の記憶にないものだ。タオルケットは綺麗に折りたたまれて、その上に枕が重ねられている。線香の微かな残り香が、鼻先を撫でた。

「私――どこで間違えたんだろ」

仏壇の前に座る修の横に、麻琴も膝をつく。

「さっき、自分で言った通りだろ。間違いも何もない。全部が〝本当〟のことだ」

「あ、そうか。自分で言ったことなのにね」

麻琴は力なく笑う。

「……でもそれは、全部お前の責任、っていう意味じゃない。勝手にお前に役割を振った、俺たちの責任でもある」

その言葉を、麻琴がどのように受け取ったのかは分からない。ただ、表情はいつもと同じように柔らかかった。

「修。私、部活連絡会やめるね」

麻琴はぽつりと話した。

「修と慎司くんなら、大丈夫。私が保証する。私なんかよりずっと、うまくやるよ」

「馬鹿言うな。俺も御堂も、お前が思ってるような人間じゃない。二人そろって、どうしようもない人間だぞ？」

本当は、弱いから。

逃げてきたから。隠しているものがあるから。後ろめたいところがあるから。

滑稽なほど必死に、取り繕うのだ。

誰にも知られたくない過去に、それがなかったことになるまで、一生、砂をかけ続けるのだ。

「私のために、そんなウソ、つかなくていいよ？」

「違うんだ、麻琴。俺も御堂も、お前と一緒なんだよ」

自分が弱いことは知っている。仲間を平気で見捨てる腰抜けだと知っている。誰よりもよく知っている。この身体は、仲間が理不尽に殴られているという時に、結局ぴくりとも動かなかった。どれだけボクシングの腕を磨き、体力をつけ、筋肉という鎧をまとおうと、性根の臆病さは隠しようがない。

しかし、それでも——あるいは、と思う。

もしその弱さすらも、誰かと分かち合えたのなら。

いまより、ほんのちょっとぐらいは、前に進めるのではないだろうか。

「とにかく、始業式の日、連絡会事務室に来てくれ。御堂も入れて、三人で話そう」

麻琴は少しの間をおいて、うん、と頷いてくれた。

エピローグ

「——なるほどね。あの後、そんなことがあったのか」

始業式の日の放課後。

御堂は缶コーヒーを飲みながら、茶色のソファに痩せた身体を預け、事の顚末を聞いていた。夏休み中に荒らされた連絡会事務室だが、すでに片付けは終わっていて、いらない資料を捨てたせいか逆にすっきりとした印象すらある。

「それで麻琴は、部活連絡会、どうするって？」

「……分からん。とりあえず今日、来てくれるとは言ってたが」

あくまで課外活動だ。無理強いはできない。

しかしあの事件以降、周囲と距離を置いている麻琴のことが心配だった。根岸に聞いたところ、夏休みの間はアルバイトばかりで、生物学研究会の活動にもあまり顔を出していなかったらしい。

麻琴がアルバイトに精を出す理由は、何となく想像できた。

数日前に父の賢介からそれとなく聞いたところによると、彼女は、実家を相続しようとしているそうだ。

そこに、どんな心境の変化があったのかは分からない。しかし、家と土地を売って都合をつける予定だった進学の資金を、自分で貯めようとしているのだろう。

「それにしても……暑いな」

御堂は手の甲で汗をぬぐう。窓ガラスの張り替えに予算を使ってしまったので、エアコンの修理は来年になるという。八月が終わったからといって一緒に夏が終わるわけでもなく、むしろ陽射しは日増しに勢いを強めているように思えた。

「俺はもうちょっと白瀬を待ってるから、先に帰っててくれ」

修は腕時計に視線を滑らせた。午後三時二〇分。

「今日、麻琴は学校を休んだんだろう?」

「ああ。ただ、部活連絡会には来るかもしれない。だから一応、下校時刻まで待とうと思ってる」

「義理固いことだな」

御堂は額にかかった髪を後ろに撫でつけた。そして、ポケットから文庫本を取り出す。

「まぁ、ボクも今日は暇なんだ。一緒に待つよ」

「そうか」

廊下を駆け抜けていく生徒たちの笑い声と足音が聞こえる。トランペットの軽やかなメロディが屋上に響き渡る。開け放した窓からは、お世辞にも涼しいとは言えないが、それでも鼻先を撫でるほどの風が吹き込んできた。わずかに混じった甘い匂いは、中庭の色づいたカツラの木だろうか。

何もしないというのも手持ち無沙汰なので、修はパソコンを立ち上げて予算案を作り始めた。御堂はソファにもたれ掛かったまま、白く細い指で文庫本のページをめくっていく。お互い世間話をするような柄でもないので、会話はなかった。

しかし、誰かが事務室の前を通るたびに、二人ともわずかに顔を上げて、その扉が開くのを静かに待つ。その時は決まって、ページをめくる音も、キーボードを叩く音も、ぴたりと止んだ。


一時間ほど経って、事務室のドアが開いた。

「……待っててくれたんだ」

麻琴は扉の隙間から、どこか気まずそうに顔をのぞかせる。

「当たり前だろう。研究系の代表がいないのに、予算は決められん。欠席裁判になったら運動系と芸術系で全部持ってくぞ」

「あ、それはなし。ただでさえ研究系は肩身が狭いんだから」

麻琴は冗談めかして笑い、事務室のなかに入ってくる。

そしてソファの前に立つと、小さく息を吸い、両手を重ねて深々と頭を下げた。

「ご迷惑をおかけしました」

豊かな甘栗色の髪がばさりと揺れて、柳のように垂れ下がる。

「——麻琴、このゴリラを見たまえ。ろくなことをしないくせに、飯の量と便所の長さと電車のなかで占有するスペースは人一倍だ。迷惑というのは、こういう男のことを言う」

それでも麻琴は、なかなか顔を上げようとしなかった。

一〇秒ほどしてようやく、背筋をまっすぐに戻す。

「二人とも、色々と気を遣ってくれてありがとうね。でも、やっぱり私、部活連絡会をやめるよ」

「迷惑なんて言うな。お互い様だ」

「……二人にはもう、私のこと、色々と知られすぎちゃったから。これ以上は、私の方が辛いの」

麻琴はさみしそうに微笑む。

「修も慎司くんも、優しくて強いから。私のことを受け入れてくれるのは分かる。許してくれるのも分かる。でも……だからこそ二人とも、私みたいな人間と一緒にいたらだめだよ」

麻琴はバッグから、二枚の紙を取り出した。

「一枚目は、私の役員辞職願。二枚目は推薦状。根岸さんを推薦しておいたよ。一年生だけど、しっかりしたコだから。サポートしてあげてね」

「……御堂」

麻琴の差し出した書類を受け取らず、修は御堂をちらりと見た。

「この前のあれ、三人でやるか」

「は？」

「あれだよ、担保」

御堂は修の意図を察したらしく、にやりと笑った。

「なるほどね」

「な、なんなの二人とも？」

「白瀬、とにかくそこに座ってくれ」

「でも私……」

「いいから」

麻琴は書類をいったん机の上に置くと、しぶしぶといった様子でソファに腰掛ける。すると御堂は身を乗り出した。

「さて、麻琴。君の不安もよく分かる。何せこの状況は不公平だ。君は秘密を握られているというのに、ボクと蔵元は何も開示していない。しかし、今後三人で部活連絡会を運営していくにあたり、立場は対等である必要がある」

「……慎司くん、さっきから私の話聞いてる？」

「そこで、だ。ボクと蔵元も、それぞれ一つ、秘密を君に教える。ちなみに言っておくと、とっておきの秘密だ。もしバラされたら、将来どころかいまの立場もまるごと吹き飛ぶような内容だ。誰か一人が秘密をリークしたら、残った二人がそいつの秘密も売り飛ばして、もろとも死ぬ。つまりあれだ、死ぬ時は一緒、桃園(とうえん)の誓いというやつだ！」

「それ絶対意味違うぞ……」

御堂のテンションとは対照的に、麻琴は細い睫毛(まつげ)を伏せて、うつむくように言う。

「……本当にいいの？　私、嘘つきだよ？　まだまだ隠してる、嫌なところがあるかもしれないんだよ？」

「別にいいよ。他人のために誠実に働くのも、自分を守るためにとっさに嘘をつくのも、両方お前だ。それに、今回の一件があったからって、お前がこれまで積み上げてきたものが全部嘘になったわけじゃない。あとでメールボックス見てみろ。お前にどうしても相談したいっていう案件が山のようにきてるぞ。もちろん俺たちも手伝うけどな」

「蔵元。前半、僕がいつか屋上で君に言った台詞のパクリじゃないか？」

「……いいだろ別に」

「まったく肝心な時にこれだよ！」

麻琴はくすりと小さな笑みをこぼすと、辞職願と推薦状を通学鞄のなかに戻した。

「そうだね、放っておくと二人はまた喧嘩しそうだし――途中で投げ出すのは、良くないよね。迷惑かけたぶんは、ちゃんと自分で取り戻さないと」

「ああ。やっぱり部活連絡会はお前がいないと、締まらん」

放送部の発声練習が響き渡る。今年も惜しくも甲子園を逃したという野球部は、さっそく新キャプテンのもと大声を張り上げてランニングしていた。合唱部のパート練習は、三年生が抜けたばかりだからだろう、夏休み前よりも旋律(せんりつ)が少し不安定だ。

ふいに窓の外を見ると、そこには見渡す限りの景色を染めなおしていく、穏やかな夕暮れの一刻があった。

放課後——教室を出てから家に帰るまでの短い時間。学生から家族の一員に戻るまでの、ほんのわずかな猶予（ゆうよ）。そのすべてが曖昧な時間を飴色に照らす美しい西日は、いつだってあの日のことを思い起こさせる。

きっと、忘れることはできないのだと思う。

この先どれだけ強くなろうと、プロになっていくつのベルトを巻こうと、何階級制覇しようと、あの日の自分が消えるわけではない。助けを求めてきた手を振り払い、一目散に逃げていったことは、一つの事実としてもう永遠に動かないのだから。

それなら——と修は思うのだ。

どのみち消えないのなら、最後まで一緒にいよう。

許してもらえるかどうかは分からない。あるいは、許してもらおうなんていう考え自体、虫が良すぎるのかもしれない。

だけど、たとえ俺が、許してもらえなくても。

きっと俺は、誰かを許せるという気がするのだ。

そんな気が、するのだ。

本書は、書き下ろし作品です。

錬金術師の密室

アスタルト王国の錬金術師テレサと青年軍人エミリアは、稀代の錬金術師フェルディナント三世が実現した不老不死の公開式に赴いた。だが式前夜、三世の死体が三重密室で発見され、テレサらに容疑がかかる。処刑までの期限が迫る中、二人は事件の謎を解き明かせるか？　鮮烈な論理が冴えるファンタジー×ミステリ

ハヤカワ文庫

第1回アガサ・クリスティー賞受賞作

黒猫の遊歩あるいは美学講義

森 晶麿

でたらめな地図に隠された意味、喋る壁に隔てられた青年、川に振りかけられた香水……美学を専門とする若き大学教授、通称「黒猫」と、彼の「付き人」をラン・ポオの講義を通して日常にひそむ謎を解きあかしてゆく。第1回アガサ・クリスティー賞受賞作。解説／若竹七海

ハヤカワ文庫

未必のマクベス

早瀬　耕

ＩＴ企業Ｊプロトコルの中井優一は、バンコクでの商談を成功させた帰国の途上澳門（マカオ）の娼婦から予言めいた言葉を告げられる――「あなたは、王として旅を続けなくてはならない」。やがて香港法人の代表取締役となった優一を、底知れぬ陥穽が待ち受けていた。異色の犯罪小説にして痛切なる恋愛小説。解説／北上次郎

ハヤカワ文庫

御社のデータが流出しています

吹鳴寺籐子のセキュリティチェック

一田和樹

エンタメ企業の顧客データから個人情報が盗まれ、ネットで公開された。ツイッターで犯行声明を出す犯人に、82歳のセキュリティ・コンサルタント・吹鳴寺籐子が挑む！　他に「ウイルスソフトを買わせて金を奪う詐欺」「顧客データが暗号化される悲劇」等々、いま会社員が直面する危機を描き出すＩＴ連作ミステリ。

ハヤカワ文庫

P・O・S キャメルマート京洛病院店の四季

鏑木　蓮

コンビニチェーンの社員・小山田昌司は、利益の少ない京都の病院内店舗に店長として赴任した。そこには——新品のサッカーボールをごみ箱に捨てる子ども、亡くなった猫に高級猫缶を望む認知症の老女、高値の古い特撮雑誌を探す元俳優など、店に難題を持ち込む患者たちが……京都×コンビニ×感涙。文庫ベストセラー作家が放つ、温かなお仕事小説。心を温める大人のコンビニ・ストーリー。

ハヤカワ文庫

著者略歴　作家　著書〈ジャナ研の憂鬱な事件簿〉シリーズ

HM=Hayakawa Mystery
SF=Science Fiction
JA=Japanese Author
NV=Novel
NF=Nonfiction
FT=Fantasy

放課後の嘘つきたち

〈JA1456〉

二〇二〇年十一月二十日　印刷
二〇二〇年十一月二十五日　発行

（定価はカバーに表示してあります）

著　者　酒井田寛太郎
発行者　早川　浩
印刷者　入澤誠一郎
発行所　株式会社　早川書房

郵便番号　一〇一 - 〇〇四六
東京都千代田区神田多町二ノ二
電話　〇三 - 三二五二 - 三一一一
振替　〇〇一六〇 - 三 - 四七七九九
https://www.hayakawa-online.co.jp

乱丁・落丁本は小社制作部宛お送り下さい。
送料小社負担にてお取りかえいたします。

印刷・星野精版印刷株式会社　製本・株式会社フォーネット社

ISBN978-4-15-031456-9 C0193

本書は活字が大きく読みやすい〈トールサイズ〉です。